Stürmische Meere

Geschichten von jungen Bootsgeflüchteten

Mary Beth Leatherdale und Eleanor Shakespeare
Aus dem Englischen von Barbara Küper

reihe
kids
bewegt
orlanda

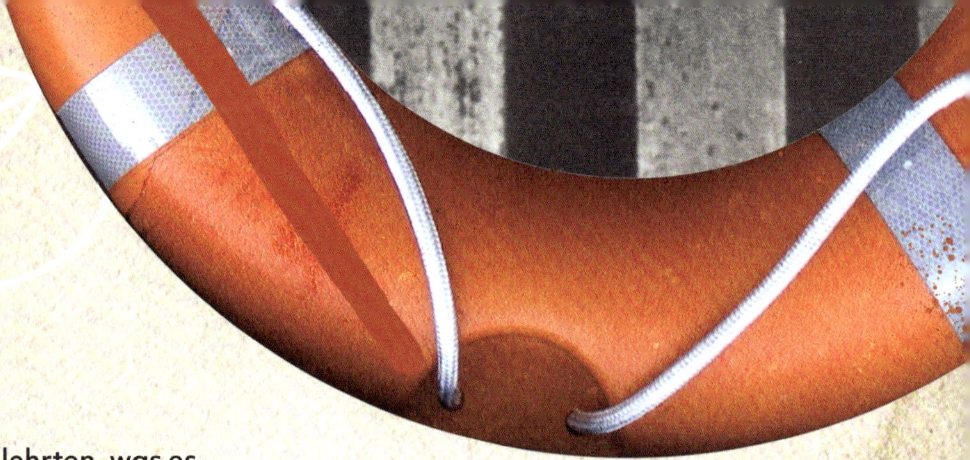

Für Madzia und Shia, die mich lehrten, was es heißt, im Brennpunkt des Zeitgeschehens zu stehen – Mary Beth

Für meine Großeltern, deren Leben ein großartiges Beispiel für Mitgefühl und Gerechtigkeitssinn ist - Eleanor

Anmerkung zur geschlechtergerechten Sprache
Diese Übersetzung ist darum bemüht, vorwiegend geschlechtsneutrale Formulierungen zu verwenden. Auf das Gendersternchen wird in diesem Buch bewusst verzichtet. Bei Gruppen, deren Entscheidungstragende weitestgehend männlich sind, haben wir uns für männliche Personenbezeichnungen entschieden, wie bei Piraten oder Nationalsozialisten. Uns ist bewusst, dass die gewählten Bezeichnungen diskutier- und veränderbar sind. Wir sind diesbezüglich offen für Anmerkungen und weitere Anregungen.

Lesehinweis
In diesem Buch werden Geschichten der Flucht erzählt, in denen mitunter schlimme Ereignisse und Gewalt vorkommen. Das kann verängstigend sein und bestimmt kommen auch einige Fragen auf. Damit du dich damit nicht alleine fühlst, empfehlen wir dir, das Buch mit einer erwachsenen Person zu lesen und mit vertrauten Menschen über das Gelesene zu sprechen.

Impressum
Originaltitel: *Stormy Seas: Stories of Young Boat Refugees*

Erschienen bei Annick Press Ltd., Kanada

1. Auflage, 2021

www.orlanda.de

Übersetzung: Barbara Küper
Umschlag: Eleanor Shakespeare und Reinhard Binder
Satz: Reinhard Binder
Druck und Bindung: Druckhaus Köthen
Printed in Germany

Gedruckt auf FSC-zertifiziertem Papier
ISBN 978-3-944666-90-7

Inhalt

Einführung

Wenn du dies liest, hast du – genau wie ich – vermutlich in der Lotterie gewonnen. Keine Lotterie, in der man einen riesigen Scheck bekommt und auf einen Schlag reich wird. Ich meine den Gewinn in einer anderen Lotterie – den wirklich wertvollen. Ich meine einen Glücksfall, auf den du keinen Einfluss hattest: dass du an einem relativ friedlichen und ziemlich wohlhabenden Ort der Welt geboren wurdest oder dorthin eingewandert bist. Neben allem anderen, was an dir einzigartig ist, macht dich das zu etwas ganz Besonderem.

Über 82 Millionen der fast acht Milliarden Menschen auf der Welt haben weniger Glück. Sie mussten ihr Zuhause wegen Krieg, Verfolgung, Armut oder Naturkatastrophen verlassen. Für viele dieser entwurzelten Menschen besteht keine Hoffnung, jemals sicher in ihre Heimat zurückkehren zu können, deshalb suchen sie Schutz und Aufnahme, also Asyl in einem anderen Land. Über die Hälfte dieser Geflüchteten sind Kinder und Jugendliche; viele sind Waisen oder »unbegleitete Minderjährige«, das heißt junge Menschen unter 18, die ganz alleine unterwegs sind.

Die Nachrichten der letzten Jahre waren voll von Berichten vor allem über syrische Geflüchtete, die ihr Leben aufs Spiel setzten, als sie versuchten, das Mittelmeer zu überqueren. Der Bürgerkrieg, der seit Jahren in Syrien tobt, hat über die Hälfte der Bevölkerung zur Flucht gezwungen. Das bedeutet fast sieben Millionen Menschen, die Obdach, Essen, Wasser und medizinische Versorgung brauchen. Und viele Zigtausende andere Menschen sind auf der Flucht vor Kriegen, Verfolgung und Dürrekatastrophen im Mittleren Osten, in Nordafrika und in Afrika südlich der Sahara und suchen ebenfalls Zuflucht in Europa.

Der Zustrom von Geflüchteten hat zu Streit innerhalb der Europäischen Union geführt. Viele Einzelpersonen und Organisationen sind den Geflüchteten zu Hilfe gekommen, und Länder wie u.a. Deutschland, Italien und Schweden haben zahlreiche Asylsuchende größtenteils freundlich aufgenommen. Doch viele Länder in Europa und den Vereinigten Staaten von Amerika lehnen Geflüchtete und Asylsuchende ab. Auf der ganzen Welt nimmt einwanderungsfeindliche Politik gerade zu und verweigert Geflüchteten ihr Recht auf Asyl, das ihnen nach internationalem Recht zusteht. Hunderttausende von Geflüchteten sind gezwungen, kriminelle Menschenschmuggler für Fahrten über das Mittelmeer auf überfüllten, nicht seetüchtigen Booten zu bezahlen.

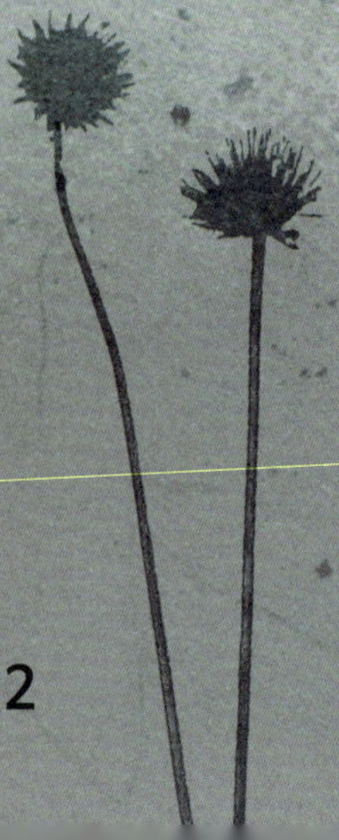

Dass Bootsgeflüchtete auf hoher See ihr Leben aufs Spiel setzen, ist kein neues Phänomen. Seit Jahrhunderten lassen Menschen wegen Kriegen, Hungersnöten, Wirtschaftskrisen und religiöser Verfolgung alles zurück, das ihnen vertraut ist, und überqueren Meere auf dem Weg in Länder, die sie nie zuvor gesehen haben. Um zu verstehen, was ich in den Nachrichten hörte, habe ich angefangen nachzuforschen und mit Menschen zu sprechen, die als Kinder auf solch einem Boot geflohen sind. Ich verstand schnell, wie schwer es für diese Menschen sein kann, ihre Geschichten zu erzählen – ganz besonders für syrische Kinder, die erst vor Kurzem das Mittelmeer überquert haben und von denen viele nach wie vor unter schwierigen Bedingungen in europäischen Geflüchtetenlagern leben. Die fünf jungen Bootsgeflüchteten, deren Geschichten in diesem Buch erzählt werden, hatten Glück – sie haben nicht nur die gefährliche Überfahrt über das Meer überlebt, sondern sie haben durchgehalten und ihren Weg gemacht, obwohl sie nicht wussten, was passieren wird, obwohl sie wenig oder kein Geld hatten und nicht immer willkommen waren. Die Dinge haben sich für sie zum Besseren gewendet.
Auf den ersten Blick mag es einem so vorkommen, als würden die Geflüchteten, die wir in den Nachrichten sehen, und ihr Elend uns nichts angehen – nicht unser Problem. Aber egal, ob wir etwas tun oder nicht: Wir alle spielen eine Rolle bei den furchtbaren Umständen, denen Geflüchtete ausgesetzt sind. Ruth, Phu, José, Nadschiba und Mohamed, für sie alle gilt: Sie sind nicht schuld an den Konflikten, der Diskriminierung, den Umweltproblemen, die sie zum Verlassen ihrer Heimat gezwungen haben. Sie hätten an den Umständen nichts ändern können. Der Mut, mit dem sie alles Vertraute auf der Suche nach Frieden und Sicherheit zurückgelassen haben, und die innere Stärke, mit der sie die schlimmen Erfahrungen auf ihrer Reise bewältigt haben, lassen uns hoffen, dass es ein besseres Leben für alle auf der Welt geben kann.

Mary Beth

Sie kamen übers Meer: Kurzer geschichtlicher Überblick

Seit Jahrhunderten haben Kriege, Hungersnöte, Armut und religiöse Verfolgung Menschen dazu gezwungen, ihre Familien, ihre Freundinnen und Freunde und alles Vertraute zurückzulassen in der Hoffnung auf ein besseres Leben. Dies sind nur einige der Menschen, die sich, bevor unsere Geschichten beginnen, auf der Suche nach Zuflucht und Schutz auf Boote gewagt haben:

1670

Hugenottinnen und Hugenotten (das sind Menschen mit protestantischem Glauben) verlassen Frankreich in Richtung England, weil sie Schutz vor religiöser Verfolgung suchen.

1677

Mennonitinnen und Mennoniten (sie gehörten einer evangelischen Freikirche an) segeln nach Pennsylvania, um der religiösen Verfolgung in Deutschland und der Schweiz zu entkommen.

1763

Philippinische Seeleute, die in ihrem von Spanien beherrschten Heimatland zum Militärdienst gezwungen wurden, gehen in Louisiana von Bord und finden dort Zuflucht.

1770

Tausende Menschen katholischen Glaubens, die in ihrer Heimat verfolgt und unterdrückt werden, machen sich auf den Weg von Irland nach Nordamerika.

1809

Geflüchtete aus Saint-Domingue, dem heutigen Haiti, wollen den Kämpfen in der karibischen Kolonie Frankreichs entkommen und suchen Zuflucht und Schutz in New Orleans.

1830

Jüdinnen und Juden verlassen Deutschland und Österreich-Ungarn auf der Flucht vor Antisemitismus.

1845

Die große Hungersnot in Irland zwingt Millionen vom Verhungern bedrohte Irinnen und Iren katholischen Glaubens, nach Nordamerika auszuwandern.

1865

Wegen Ernteausfällen müssen Menschen aus Norwegen nach Nordamerika auswandern.

1868

Aus Schweden wandern viele Menschen, hauptsächlich wegen einer Hungersnot, nach Nordamerika aus.

1882

Dänen und Däninnen, die zum mormonischen Glauben (sie glauben an das Buch des Propheten Mormon) konvertiert sind, wandern in die Vereinigten Staaten von Amerika aus, damit sie ihre Religion frei ausüben können.

1914

340 Sikhs, 24 Menschen muslimischen Glaubens und 12 Menschen hinduistischen Glaubens aus Indien treffen an Bord der *Komagata Maru* in British Columbia, Kanada, ein. Sie sind auf der Suche nach Arbeit. Der Zutritt ins Land wird ihnen verweigert, und sie werden zur Rückkehr nach Indien gezwungen, wo inzwischen der Erste Weltkrieg ausgebrochen ist. Obwohl sie britische Pässe haben, traut ihnen die britische Regierung nicht. Sie tötet neunzehn von ihnen, viele andere kommen ins Gefängnis.

Abgewiesen

Ruth

18 Jahre alt

Breslau, Deutschland (heutiges Polen)

1939

*Wenn wir nach Deutschland **zurückgehen**, werden sie uns vom Schiff in ein Lager schicken und **umbringen**. In den Lagern **sterben** die Leute – sie werden geschlagen, sie werden erschossen. Wir wissen, dass die Rückkehr ein **Todesurteil** ist.*

Endlich war Ruth in Freiheit.

Sie stieß einen Seufzer der Erleichterung aus, während sie den Steg zur SS *St. Louis* hinauflief. Nachdem ihre Familie zwei Jahre lang versucht hatte, aus Deutschland wegzukommen, hatten sie sich endlich einen Platz auf einem Schiff nach Havanna, Kuba, sichern können. Unter Hitlers Herrschaft hatte Ruths jüdische Familie keine andere Wahl, als das Land zu verlassen. Seit sechs Jahren machte die antisemitische Politik der Nationalsozialistischen Partei ihr Leben immer schwieriger. Ruths Vater durfte seinen Beruf als Anwalt nicht mehr ausüben, man nahm ihnen die Wohnung weg, die ihnen gehörte, und Ruth und ihre Schwester Margarete konnten nicht mehr gemeinsam mit ihren nichtjüdischen Freundinnen zur Schule gehen. Im vergangenen Jahr hatte sich die Situation noch verschlimmert. Die Nationalsozialisten stachelten nichtjüdische Deutsche zu Übergriffen gegen die jüdische Bevölkerung auf. In einer Serie brutaler Überfälle, bekannt unter dem Namen *Kristallnacht*, zerstörten Nazis und ihre Anhänger jüdisches Eigentum; sie misshandelten, inhaftierten und ermordeten deutsche, tschechische und österreichische Jüdinnen und Juden; und sie raubten ihnen ihre Wertsachen. Um Deutschland verlassen zu können, musste Ruths Familie fast alles, was sie besaß, den Nationalsozialisten übergeben.

Doch das war es wert gewesen. Als Ruth dem Schiffsoffizier ihr kubanisches Durchreisevisum übergab, lächelte sie. Sie war achtzehn. Sie überquerte den Atlantik auf einem wunderschönen, luxuriösen Passagierschiff. Bald würde sie im Schwimmbecken des Schiffs baden, Filme im Kino anschauen und im Ballsaal tanzen. Sie ahnte nicht, dass es jenseits des Atlantiks in Kuba Proteste gab, um zu verhindern, dass die 937 deutschen Jüdinnen und Juden von der *St. Louis* ins Land kamen.

Antisemitismus:

Hass auf, Feindseligkeit gegen oder Diskriminierung von jüdischen Menschen

Die Nationalsozialistische Partei kam unter ihrem Vorsitzenden Adolf Hitler 1933 in Deutschland an die Macht. Das Land hatte große wirtschaftliche Probleme, Menschen hatten keine Arbeit und viele waren arm. Die Nationalsozialisten nutzten die schwierige Lage der Bevölkerung aus, um für ihr rassistisches Programm zu werben. Sie verkündeten, die "arische Herrenrasse werde erfolgreich sein, wenn man das Land von Juden und anderen Minderheiten säubere". Bis 1945 wurden sechs Millionen jüdische Menschen und Hunderttausende Menschen aus anderen Minderheiten von den Nationalsozialisten und ihren Helfershelfern ermordet.

»Die Leute ***tuscheln****,*
dass sie uns nach
Deutschland ***zurück-***
schicken *wollen.«*

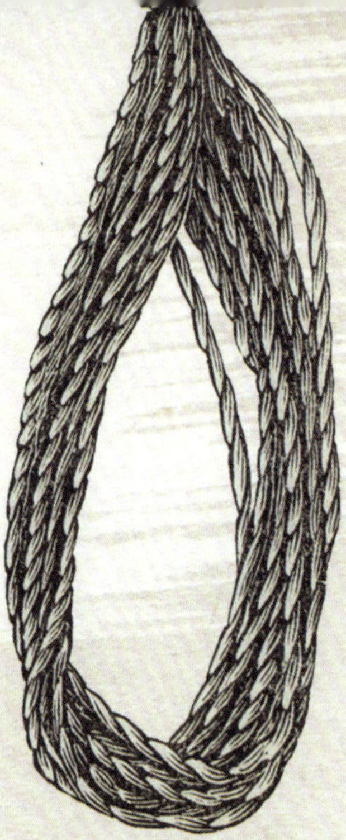

»Nur ruhig.« Was meinen sie damit? Auf der St. Louis zu sein ist so, als würde man die Zeit zurückdrehen. Das Leben ist, wie es vor Hitler war. Alle sind glücklich. Wir sind jetzt in dem kubanischen Hafen in Sicherheit. Montag gehen wir an Land, und mein neues Leben fängt an. Einige Leute an Bord haben schon Verwandte in Kuba. Das ganze Wochenende über sind sie in kleinen Booten zu uns herausgepaddelt und um die St. Louis herumgeschippert. Sie schreien zu uns hoch. Wir schreien zu ihnen runter. Warum sagen sie: »Nur ruhig, ihr werdet schon herunterkommen«? Denken sie vielleicht, wir würden vom Landungssteg fallen?

Jetzt sind es schon sechs Tage und die kubanischen Behörden lassen uns immer noch nicht von Bord gehen. Die Leute tuscheln, dass sie uns nach Deutschland zurückschicken wollen. Ich habe solche Angst. Heute saß ich an Deck und redete mit einer Freundin, da kam ein Mann, den ich aus Breslau kenne, aus dem Bad gerannt, die Handgelenke voller Blut, und stürzte sich über Bord ins Hafenwasser. Ein Matrose sprang hinterher, um ihn zu retten. Aber der Mann wollte nicht gerettet werden. Als er wieder an Bord war, versuchte er sich selbst zu verletzen. Er war im Konzentrationslager gewesen und wollte lieber sterben, als nach Deutschland zurückzugehen.

Bevor die St. Louis Deutschland überhaupt verließ, wurde in Kuba schon dagegen protestiert, den deutschen Jüdinnen und Juden in Kuba Zuflucht zu geben. Wie Deutschland hatte auch Kuba vor Kurzem eine Wirtschaftskrise erlebt. Viele Menschen in Kuba waren nicht einverstanden mit der großen Zahl von Geflüchteten, einschließlich der 2500 jüdischen Menschen, die bereits ins Land gekommen waren. Kubanische Zeitungen schürten, unterstützt von den Nationalsozialisten, eine einwanderungsfeindliche, antisemitische Stimmung und forderten die Regierung auf, den jüdischen Geflüchteten die Einreise ins Land zu verbieten. Als die St. Louis im Hafen von Havanna einlief, weigerte sich die kubanische Regierung, die Durchreisevisa der Menschen an Bord anzuerkennen und sie ins Land zu lassen.

»Ich bin **nicht** besonders daran interessiert, nach **Amerika** zu gehen. Ich bin daran interessiert, **am Leben** zu bleiben.«

Leute weinen laut, schreien. Heute haben sie uns gezwungen, den Hafen von Havanna wieder zu verlassen. Den ganzen Tag haben wir vor der kubanischen Küste auf dem Meer gelegen. Jetzt fährt das Schiff volle Kraft voraus. Sind wir umgekehrt? Sind wir schon wieder in Europa? Ich springe aus meinem Bett und laufe mit den anderen Menschen an Bord zum Kapitänsquartier. Der Kapitän erklärt uns, dass jüdische Organisationen mit anderen Orten über unsere Aufnahme verhandeln. Er steuert eine Stelle an, von der aus wir schneller dort sind, falls sie zustimmen. Alle machen sich Sorgen. Sie haben Angst. Der Kapitän bittet ein halbes Dutzend Männer, darunter meinen Vater, eine Gruppe zu bilden, die zwischen den Passagierinnen und Passagieren und ihm vermittelt. Telegramme von den Menschen, die sich um unsere Rettung bemühen, treffen ein. Sie sagen: »Sorgt euch nicht, ihr kommt da raus. Ihr müsst nicht zurück nach Deutschland.« Inzwischen glaubt das niemand mehr.

Während wir an der Küste entlangfahren, entdecke ich die Lichter von Miami. Die Palmen sehen so bezaubernd aus! Ich bete, dass wir dort anlegen dürfen. Als wir uns der Küste nähern, kommt uns die amerikanische Küstenwache mit Waffen entgegen. Meine Gebete helfen nicht. Wir drehen wieder ab.
Viele Mitreisende wollen von Bord springen. Wenn es ihnen gelingt, zwei Stunden zu schwimmen, schaffen sie es bis zur Küste. Sie wollen lieber ertrinken, als nach Deutschland zurückgehen. Wenn wir zurückkehren, werden sie uns in ein Konzentrationslager bringen. Zurückgeschickt werden ist ein Todesurteil. Ich bin nicht besonders daran interessiert, nach Amerika zu gehen. Ich bin daran interessiert, am Leben zu bleiben.

Die Reise der SS St. Louis, 1939

13. Mai

Legt in Hamburg ab

27. Mai

Kommt im Hafen von Havanna an

2. Juni

Erhält den Befehl, kubanische Gewässer zu verlassen

6. Juni

Macht sich auf den Rückweg nach Europa

1. September

Die deutsche Armee marschiert in Polen ein und beginnt den Zweiten Weltkrieg in Europa.

»Du lebst nur von Augenblick zu ***Augenblick****. Du tust, was getan werden muss. Die* ***Grausamkeit*** *des Ganzen wird dir erst hinterher bewusst. Dann brichst du zusammen und begreifst, wie nah du der* ***Katastrophe*** *warst.«*

Was wurde aus Ruth?

Elf Tage nachdem sie in den Hafen von Havanna eingefahren war, kehrte die *St. Louis* nach Europa zurück. Jüdische Organisationen hatten inzwischen hektisch mit Großbritannien, den Niederlanden, Belgien und Frankreich verhandelt, um den Menschen an Bord eine Aufnahme zu ermöglichen. Ruths Familie wurde nach England geschickt, nach London. Einige Monate später, nach dem Beginn des Zweiten Weltkriegs, gelang es Ruths Vater, Schiffstickets in die Vereinigten Staaten zu organisieren. Ruth und ihre Schwester fanden Arbeit in New York, wo sie Handschuhe für die amerikanischen Land- und Seestreitkräfte herstellten. Später besuchte Ruth eine Wirtschaftsfachschule und arbeitete in einem Büro.

Kuba war nicht das einzige Land, das den Passagierinnen und Passagieren der *St. Louis* den Zutritt nicht erlaubte. Man hatte es auch in Argentinien, Uruguay, Paraguay und Panama versucht, wurde dort aber genauso abgewiesen. Nach der *Kristallnacht* hatten die USA und andere Länder Deutschland für seinen Umgang mit der jüdischen Bevölkerung scharf kritisiert. Doch als die Menschen auf der *St. Louis* an Präsident Roosevelt ein Telegramm schickten und um Zuflucht und Aufnahme in den Vereinigten Staaten von Amerika baten, kam nie eine Antwort. Einflussreiche Kanadier schickten ein Telegramm an ihren Premierminister Mackenzie King und flehten ihn an, »wahre christliche Nächstenliebe« zu zeigen und den Menschen an Bord der *St. Louis* in Kanada Schutz zu gewähren, aber die Regierung lehnte ab. Zu dieser Zeit nahm die Diskriminierung von jüdischen Menschen sowohl in den USA als auch in Kanada deutlich zu. Viele Menschen in Kanada und den USA waren antisemitisch eingestellt und wollten nicht, dass die Regierung jüdische Geflüchtete ins Land ließ, da sie glaubten, diese würden ihnen ihr Geld und ihre Arbeitsstellen wegnehmen. Die Nationalsozialistische Partei lenkte die Aufmerksamkeit der Medien darauf, dass andere Länder keine jüdischen Geflüchteten aufnehmen wollten, und nutzte das, um ihre eigene Verfolgung von jüdischen Menschen zu rechtfertigen.

Was mit den 937 Passagieren an Bord der SS St. Louis geschah:

- 28 ließ man in Kuba an Land gehen
- 1 starb auf der Überfahrt eines natürlichen Todes
- 1 versuchte sich das Leben zu nehmen
- 288 erhielten Asyl in Großbritannien
- 224 in Frankreich
- 214 in Belgien
- 181 in den Niederlanden
- 254 wurden nach ihrer Rückkehr nach Europa im Holocaust ermordet.

Überlebenskampf

*„Ich bin traurig, weil ich meine Familie **verlassen** muss, und ich habe **Angst** vor dem Alleinsein. Gleichzeitig freue ich mich auf die Reise, die vor mir liegt. Meine Mutter sagt, Amerika ist ein Land unbegrenzter Möglichkeiten."*

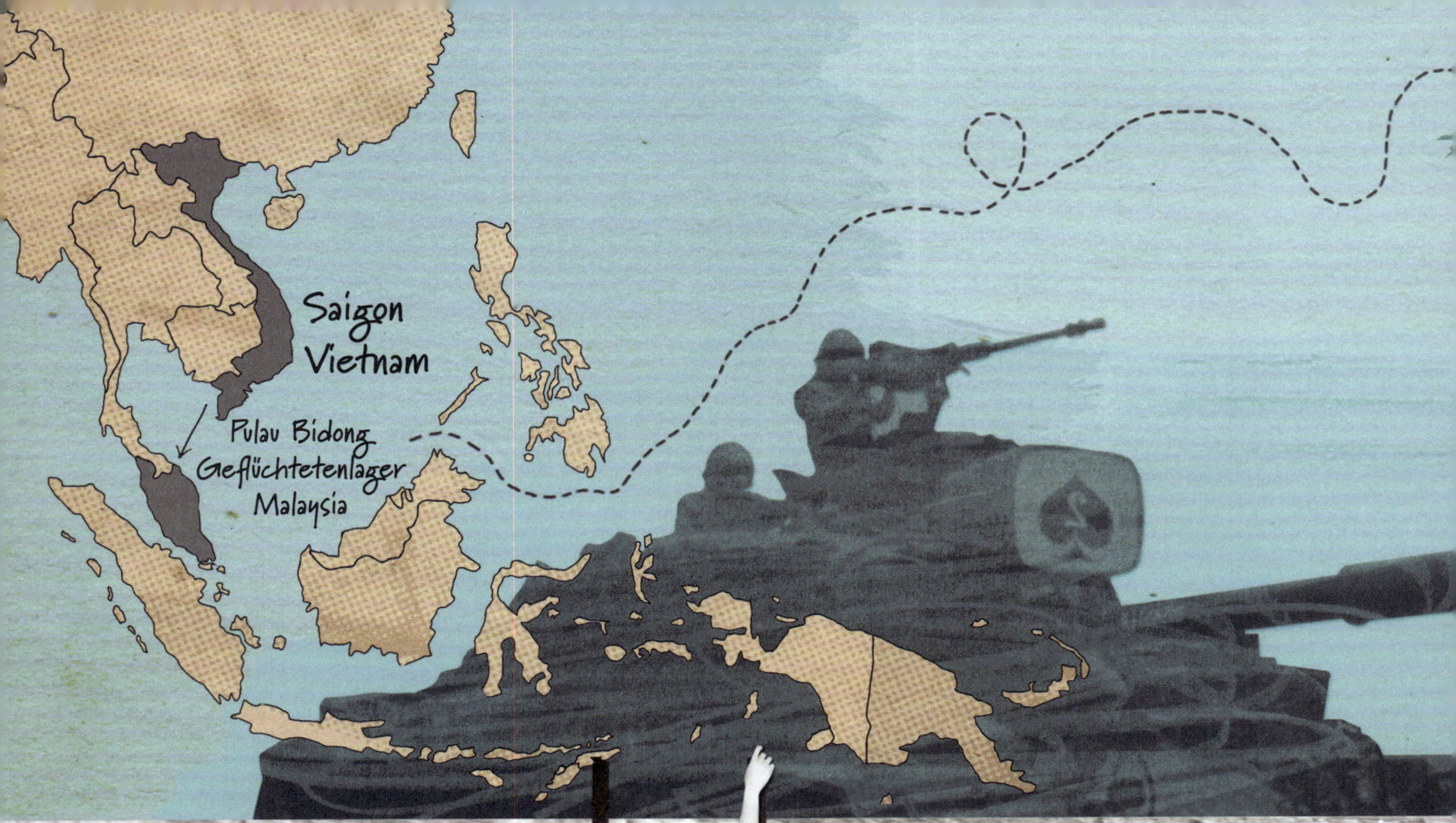

Menschenschmuggler oder Schleuser:

Eine Person, die gegen Bezahlung die illegale Einreise von Menschen in ein Land organisiert, dessen Staatsangehörigkeit diese nicht besitzen. Menschenschmuggel ist ein Verbrechen.

Im Vietnamkrieg kämpfte von 1955 bis 1975 Nordvietnam gegen Südvietnam. Nordvietnam wurde von der Sowjetunion, China und weiteren kommunistischen Verbündeten unterstützt. Südvietnam wurde unterstützt von den USA, den Philippinen und weiteren antikommunistischen Ländern. Als die USA sich 1975 aus dem Konflikt zurückzogen, eroberte die nordvietnamesische Armee die Stadt Saigon in Südvietnam und beendete damit den Krieg.

»Phu, du musst weg von hier.«

Phu starrte seine Mutter an. Er konnte nicht glauben, dass er sie richtig verstanden hatte. Unter der kommunistischen Regierung war es verboten, Vietnam zu verlassen. Vor vier Jahren, als der Vietnamkrieg endete und die nordvietnamesischen Panzer in die Stadt Saigon gerollt kamen, hatte sich Phus Leben völlig verändert. Die Straßen, auf denen er und seine Freunde immer gespielt hatten, waren jetzt verlassen. Häuser wurden geplündert. Die Menschen von nebenan, Bekannte und Verwandte verließen die Stadt in Scharen. Lebensmittel wurden beschränkt und es gab nie genug zu essen. Wenn Phu nicht in der Schule war, mussten er und sein kleiner Bruder Geld für die Familie verdienen, indem sie von Markt zu Markt zogen und Fächer oder traditionelle vietnamesische Hüte verkauften.
Jetzt war Phu vierzehn und die Lage war noch schlimmer. Vietnam war in Kambodscha einmarschiert und befand sich im Krieg mit China. Phu konnte schon bald zum Militärdienst gezwungen werden. Sein Vater und sein Onkel waren Soldaten in der südvietnamesischen Armee gewesen und im Krieg gegen Nordvietnam getötet worden. Seine Mutter wollte nicht, dass er in einem Krieg sein Leben verlor. Sie hatte nicht genug Geld, um die ganze Familie außer Landes zu bringen, deshalb bezahlte sie einem Schleuser 3.500 Dollar – alles, was sie zusammenkratzen konnte –, um für Phu einen gefälschten Pass und den Platz auf einem Boot zu erkaufen.
Phu konnte einfach nicht glauben, dass er seine Familie verlassen und über das Südchinesische Meer davonfahren sollte. Er wusste nicht, wohin das Boot steuerte oder was unterwegs möglicherweise passieren könnte. Er wusste nur: Die Flucht aus Vietnam bedeutete für ihn, dass er es vielleicht in die USA schaffen konnte.

Überall um mich ist Wasser, aber ich habe nichts zu trinken. Wir sind erst seit ein paar Stunden unterwegs, und schon fangen Männer an zu streiten. Wir sind zu Hunderten auf dem Boot zusammengepfercht. Menschen schreien und weinen. Ich bin ganz allein. Ich muss versuchen, hier Freundschaften zu schließen. Ich muss etwas zu essen suchen. Ich muss um mein Leben kämpfen.

Tsssch! Tsssch! Tsssch! Ratatatat ratatatat! Piraten haben unser Boot geentert! Sie richten ihre M16-Gewehre in die Luft und feuern. Ich lege meine Hände auf den Kopf und kauere mich aufs Deck. Ich höre, wie sie herummarschieren und Leute bedrohen, bis diese Gold und Dollarscheine, die sie sorgfältig versteckt hatten, in Eimer werfen. Es ist nicht das erste Mal, dass wir überfallen werden. Bis jetzt konnte ich den Goldring, den mir meine Mutter mitgegeben hat, retten. Aber diesmal ist es zu gefährlich. Ich gebe ihn den Piraten. Sie nehmen uns auch das bisschen Essen und Wasser weg, das wir noch haben. Sie verschleppen einige Mädchen in meinem Alter auf ihr Schiff. Was wird mit ihnen passieren?

Piraten:

Personen, die auf See andere angreifen, ausrauben und sonstige Gewaltverbrechen begehen; Piraterie ist ein Verbrechen.

»Ich **muss** um mein Leben **kämpfen**!«

Nach dem Ende des Vietnamkriegs übernahm die kommunistische Regierung Nordvietnams den Süden. Viele Menschen flohen aus Südvietnam auf dem Luftweg, zu Wasser oder zu Land. Diejenigen, die ihr Leben auf dem Südchinesischen Meer riskierten, wurden "boat people" genannt. Drei Jahre später zwang die neue Regierung 745.000 Menschen chinesischer Abstammung, das Land auf überfüllten Booten zu verlassen, und die "boat people" lösten eine internationale Krise aus.

Als die Zahl der vietnamesischen "boat people" wuchs, begannen Malaysia und Thailand, die Geflüchteten abzuweisen.
Die Vereinten Nationen baten auch andere Länder um Hilfe: Sie schafften es, sich mit Malaysia und Thailand darauf zu einigen, Geflüchtete an Land zu lassen. Entscheidend war hierfür, dass andere Länder wie z.B. die USA oder Kanada versprachen, diese Menschen danach innerhalb von 90 Tagen bei sich aufzunehmen.

Durch die dunkle Nacht sehe ich die Küste Malaysias. »Zerstört den Motor!«, schreit jemand. Ein paar Männer zertrümmern ihn rasch, damit sie uns nicht aufs Meer zurückschicken können. Als wir nah am Ufer sind, springen wir von Bord und rennen blitzschnell los. Die malaysische Polizei sieht uns, und sie kommen Knüppel schwingend auf uns zu. Ich habe während der vierzehn Tage, die wir auf dem Meer unterwegs waren, wenig gegessen und bin sehr schwach. Aber als sie auf mich einprügeln, stürze ich zum Boot zurück und ziehe mich schnell an Bord hoch, um ihren Schlägen zu entgehen.

Am Morgen kommt die Polizei zurück und bringt uns ins Geflüchtetenlager von Pulau Bidong. Es ist überfüllt und total chaotisch. Die ganze Zeit suche ich nach einem vertrauten Gesicht, nach einem Familienmitglied oder einem alten Freund aus Saigon. Ich habe nicht genug zu essen. Ich habe nicht genug Wasser. Aber es gibt mehrere Jungen, die wie ich auf sich allein gestellt sind. Wir werden gute Freunde. Sie sind stark, und sie helfen mir. Jeden Tag schwimmen wir im Ozean. Wir gehen angeln. Wir gehen hinauf in die Berge und versuchen, Gemüse zu finden. Und wir suchen Holz, damit wir kochen können. In einem Geflüchtetenlager gibt es alles: Kämpfe und Freundschaften. Man sieht die guten und die schlechten Seiten der Menschen.

MONTAG, 6. MÄRZ 1978

»Wenn diese Nation bereit war, Milliarden Dollar und 55.000 junge Amerikaner (für den Vietnamkrieg) zu opfern, sollte sie jetzt bereit sein, ihren kostbaren Boden denen, die zurückgelassen wurden, als Zuflucht anzubieten.«

The Wichita Eagle

Phus Reise:

425 Menschen an Bord
14 Tage auf See
17 Piratenüberfälle
8 Monate im Geflüchtetenlager von Pulau Bidong

Was wurde aus Phu?

Nach acht Monaten im Lager von Pulau Bidong flog der vierzehnjährige Phu nach San Francisco. Da er minderjährig (d.h. ein Jugendlicher unter achtzehn) und unbegleitet war, wurde er bald darauf zu seinem Cousin nach »Klein-Saigon« in Orange County, Kalifornien, geschickt. Zwei Jahre später entkamen seine Mutter, seine Brüder und seine Schwester mit dem Boot von Vietnam nach Malaysia; sie wanderten über ein Familienzusammenführungsprogramm nach Kalifornien ein. Phu suchte sich Jobs, um seine Familie zu unterstützen. Er fand eine Teilzeitstelle bei McDonald's, putzte Toiletten, arbeitete in Theatern und spielte in einer Band. Phu traf sich mit anderen Jugendlichen, die aus Vietnam geflüchtet waren. Da diese keine Familien in den USA hatten, nahm Phus Mutter sie bei sich auf. Phu teilte sein Zimmer mit acht anderen Jungen. Phu und seine Freunde wurden mit vielen Vorurteilen konfrontiert. Es gab nur dreißig oder vierzig Schülerinnen und Schüler asiatischer Abstammung an seiner Highschool mit über viertausend Schülern. Er wurde in der Schule mit rassistischen Sprüchen beleidigt. Phu geriet in viele Auseinandersetzungen mit den weißen Jungs an der Schule. Selbst andere Jugendliche aus Vietnam, die schon 1975 nach Amerika gekommen waren und besser Englisch sprachen, beschimpften die neuen vietnamesischen Mitschülerinnen und Mitschüler und nannten sie FOB, »Fresh Off the Boat« (in etwa: Neulinge vom Boot).

Nach der Schule begann Phu an der California State University ein Studium im Bereich Luft- und Raumfahrt. Er entwickelte großes Interesse daran, sich über den Vietnamkrieg zu informieren, und entschied sich, zum US-Militär zu gehen. Dort studierte er Verwaltungswesen und kehrte anschließend an die Universität zurück, um Strafverteidiger zu werden. Weil er einen Beitrag für sein Aufnahmeland leisten wollte, wurde er Reserveoffizier der US-Armee.

Nach dem Vietnamkrieg:

2 Millionen
Menschen verließen Vietnam

500.000
starben auf See

823.000
wanderten in die USA aus

137.000
wanderten nach Kanada aus

137.000
wanderten nach Australien aus

96.000
wanderten nach Frankreich aus

20.000
wanderten nach Großbritannien aus

»Mein Hauptmann beim Militär sagte mir, ich solle meinen ***Namen*** *nicht ändern. Er sagte,* ***sei stolz*** *auf deine* ***Herkunft****, denn wenn du nicht stolz bist und nicht weißt,* ***wer du bist,*** *wirst du kein guter* ***Amerikaner*** *sein.«*

Stürmische Gewässer

José

13 Jahre alt

Sancti Spíritus, Kuba

1980

*Zum **ersten Mal** in meinem Leben glaube ich, dass wir tatsächlich **sterben** könnten.*

Fidel Castro war der Anführer einer Revolte gegen die kubanische Regierung, bekannt als kubanische Revolution. 1959 wurde er Regierungschef des Landes und ersetzte die bisherige Staatsform durch einen sozialistischen Staat. Bis zu dieser Zeit standen Kuba und die Vereinigten Staaten von Amerika in sehr enger wirtschaftlicher Beziehung. 1961 beendeten die USA ihre diplomatischen Beziehungen zu Kuba, sie stoppten jeglichen Handel und schränkten den Reiseverkehr zwischen den Ländern ein. Castro verstärkte die Verbindung mit der Sowjetunion und erklärte sich zum Kommunisten.

Asyl:

Verfolgten Schutz und Aufnahme gewähren

»José, wenn du von diesem Boot herunterwillst ...«

... kannst du in Kuba bleiben.« José erstarrte, während der kubanische Polizist sich von der *Dulce II* entfernte. An Bord des kleinen, zweigeschossigen Ausflugsschiffs befanden sich dreißig Leute – mehr als das Doppelte des Fassungsvermögens –, und der Kapitän sorgte sich um die Sicherheit der Fahrt. Unter den Tausenden von Booten, die sich im Hafen von Mariel drängten, hatte der Polizeibeamte José und seiner Familie bei genau diesem an Bord zu gehen befohlen. José rührte sich nicht von der Stelle.

Seit zwanzig Jahren schon hatten Josés Eltern Kuba verlassen wollen; sie waren nicht einverstanden mit dem kommunistischen Regierungschef des Landes, Fidel Castro, und hatten es satt, dass die Regierung Lebensmittel, Kleidung und andere Waren kontrollierte. Josés Vater und Tausende andere Menschen aus Kuba, die verdächtigt wurden, zusammen mit den USA den Sturz der Regierung zu betreiben, waren damals festgenommen und eingesperrt worden. Noch fast zwanzig Jahre später betrachtete die Regierung sie als Verdächtige.

Seit 1961, als die USA und Kuba ihre diplomatischen Beziehungen abgebrochen hatten, war es fast unmöglich gewesen, ein Ausreisevisum zu bekommen. Das hatte sich vor sechs Wochen geändert, nachdem mehr als zehntausend Menschen auf das Gelände der peruanischen Botschaft geströmt waren und dort um Asyl gebeten hatten. Um weitere Unruhen und Unannehmlichkeiten aufgrund der Unzufriedenheit mit seiner Regierung zu vermeiden, erklärte Castro, dass alle, die in die USA auswandern wollten, dies tun könnten, wenn ein Boot im Hafen von Mariel sie aufnehme.

Jetzt also waren der dreizehnjährige José, seine Eltern und seine kleine Schwester Leticia an Bord eines Schiffs mit den USA als Ziel, und genau dort würden sie bleiben. Alles, was noch zwischen José und seinem erträumten Leben stand, war eine siebenstündige Schiffsreise. Doch vor ihm lagen stürmische Gewässer.

Kommen wir jemals aus Kuba weg? Wir sitzen im Hafen von Mariel fest. Ein heftiges Unwetter ist draußen über dem Golf von Mexiko aufgezogen, und es ist zu gefährlich für uns, loszufahren. Schlimmer noch, die Wachleute haben uns befohlen, das Schiff nicht zu verlassen. Mir ist schrecklich langweilig. Den ganzen Tag hocken wir unter der prallen, heißen Sonne eng aneinandergedrängt an Deck. Die Leute fangen an zu verzweifeln. Wir haben Hunger. Das Einzige, was wir zu essen bekommen, wird von den Wachleuten gebracht, es ist kaltes Rührei mit Reis. Und es wird mit jedem Tag weniger. Kindern wird vor Hitze und Hunger übel. Meine Mutter sagt, ich muss essen, und gibt mir ihr Rührei. Aber der Gestank von Schweiß und Erbrochenem an Bord ist so widerwärtig, dass ich kaum etwas herunterbringe.

Als wir endlich nach Florida aufbrechen, ist das Meer spiegelglatt. Eine Stunde nach Beginn unserer Reise verwandelt sich die Freude auf dem Gesicht meines Vaters in Besorgnis. Der Motor ist ausgegangen! Während der Kapitän ihn wieder zu starten versucht, wird das glatte Meer unruhig. Im Nu umgeben das Schiff hohe Wellen. Wasser schwappt über Bord … Alle versuchen, irgendwelche Gegenstände zu finden, mit denen es wieder herausgeschöpft werden kann. Es nützt nichts. Das Wasser reicht mir schon bis zu den Knöcheln. Rings um mich schreien Leute: »Ich will nicht sterben!«

»Alle … die kein **revolutionäres** Blut in den Adern haben, die keinen **Verstand** haben, mit dem sie die **Idee** einer **Revolution** erfassen … Wir **wollen** sie nicht, wir **brauchen** sie nicht.«

Der damalige kubanische Staatspräsident Fidel Castro

»Unser Land ist offen für **Geflüchtete**… wir werden weiterhin **mit offenem Herz** und **offenen Armen** Geflüchteten **begegnen**, die **Befreiung** von kommunistischer Herrschaft und von den **wirtschaftlichen Entbehrungen** suchen, die **Fidel Castro** und seine Regierung verursacht haben.«
Der damalige US-Präsident Jimmy Carter

Wir sind gerettet! Ein Krabbenkutter hält neben uns, wir drängen hinüber und lassen die wenigen Dinge zurück, die wir noch besitzen. Das Boot ist bereits überfüllt mit 130 schmutzigen, abgerissen wirkenden Männern. Wir meiden ihre Blicke und versuchen einen Platz zum Hinsetzen zu finden. Als ich mich umdrehe, sehe ich die Dulce II untergehen.

Eine Wasserwand trifft uns. Gewaltige Windböen fegen über das Deck. Wir befinden uns in den Ausläufern eines Orkans. Haushohe Wellen schleudern das Boot auf und ab. Wenn uns eine trifft, brüllt der Kapitän, wir sollen zur anderen Seite schlittern, damit das Boot nicht kentert. Nach vorn, nach hinten geht es. Einen Moment fühlt es sich an, als wären wir auf einem Berggipfel, den nächsten, als stürzten wir den Abhang hinunter. Mit Einbruch der Nacht wird es noch schlimmer. An Schlaf ist nicht zu denken. Alle hocken eng beieinander auf dem kalten, nassen Metallboden. Di Leute sind völlig ausgehungert und fast verdurstet, es ist, als wäre man von Toten umgeben. Alle pinkeln oder erbrechen, wo sie gerade sind. Der Gestank ist überwältigend. Obwohl ich schon seit Jahren nicht mehr in der Kirche war, fange ich an zu beten. Stunde um Stunde starre ich auf den Horizont und suche nach Land. Es ist, als wären wir das einzige Boot auf dem Meer.

Die Überfahrten von Mariel, 1980

1. April Menschen aus Kuba, die ausreisen wollen, dringen mit einem Bus in die peruanische Botschaft ein

4. April Castro zieht Polizei von Botschaft ab

6. April 10.000 Kubanerinnen und Kubaner strömen in Botschaft und bitten um Asyl

20. April Castro kündigt an, dass Ausreisewillige in die USA auswandern dürfen

21. April Schiffe beginnen Fliehende aufzunehmen

31. Oktober Kuba und die USA vereinbaren, die Fahrten von Fluchtschiffen einzustellen

*»Einen Moment fühlt es sich an, als wären wir auf einem **Berggipfel**, den nächsten, als **stürzten** wir den **Abhang** hinunter.«*

Was wurde aus José?

Nach achtzehn Stunden auf dem Meer wurde Josés Boot von der US-Küstenwache gerettet und nach Key West, Florida, geschleppt. Josés Schwester hatte sehr viel Flüssigkeit im Körper verloren und benötigte medizinische Behandlung, erholte sich aber schnell. Nach einigen Tagen in Miami Beach zogen José und seine Familie nach New York City, wo seine Großmutter lebte. José war schockiert von der Armut und Drogenabhängigkeit in ihrer amerikanischen Umgebung und fragte sich, warum sie Kuba überhaupt verlassen hatten. Er legte sich voll ins Zeug, um Englisch zu lernen und gut in der Schule zu sein. Nach ein paar Jahren zog die Familie in eine Stadtrandgegend in New Jersey. Für José war es erneut wie ein Umzug in ein fremdes Land. Es fiel ihm schwer, sich einzugewöhnen, aber er konzentrierte sich aufs Lernen und wurde von einem College angenommen. Er arbeitete in einem Supermarkt und sparte Geld für ein Aufbaustudium. Heute ist José Privatdozent am Florida Southern College. Im Jahr 2010 kehrte er erstmals nach Kuba zurück, um unter dem Titel »Stimmen aus Mariel« eine Reportage über die Flucht auf Booten zu machen.

Kubanische Geflüchtete wie José hatten mit erheblichen Vorurteilen zu kämpfen. Sie wurden als »Marielitos« (Menschen, die Kuba 1980 vom Hafen von Mariel aus verließen) bezeichnet. Staatspräsident Fidel Castro bezeichnete die Geflüchteten als *scoria* (Abfall) und behauptete, er habe die Fluchtschiffe von Mariel benutzt, um kubanische Kriminelle und psychisch Kranke in die USA abzuschieben. Tatsächlich waren nur zehn Prozent der Menschen, die in die Vereinigten Staaten von Amerika kamen, vorbestraft oder hatten psychische Probleme.
Trotzdem befürchteten die Menschen in den USA, die Geflüchteten aus Kuba seien unzuverlässig und nähmen ihnen die Arbeitsstellen weg. Das war aber unbegründet. Auch die Arbeitslosigkeit in Miami stieg nicht an. Ganz im Gegenteil: Es entstanden sogar mehr Arbeitsplätze und Firmen in der Region. 2015 nahmen Kuba und die Vereinigten Staaten von Amerika ihre diplomatischen Beziehungen wieder auf. Die Reisevorschriften wurden gelockert, die Handelsbeziehungen zwischen beiden Ländern sind jedoch nach wie vor eingeschränkt und sorgen für eine schwierige wirtschaftliche Lage in Kuba.

»Als wir in die USA kamen, fühlte ich mich wie in einem ***Film****. Alle Farben* ***leuchteten*** *viel* ***heller****, das Gras war grüner. Es war fast* ***unwirklich****. Ich konnte gar nicht glauben, dass wir* ***überlebt*** *hatten.«*

Kubanische Geflüchtete, 1980

125.000 Menschen aus Kuba wurden in die USA gebracht
1.700 Schiffe kamen zum Einsatz
1.000 Dollar pro Person wurden ø für die Überfahrt bezahlt
145 Kilometer ist der Weg von Kuba bis in die USA
27 Menschen sind auf der Überfahrt ertrunken

Eingesperrt

<u>Nadschiba</u>
11 Jahre alt
Bamiyan, Afghanistan
2000

*Wir laufen Gefahr, im Pazifik **zu ertrinken**, aber dieses **Risiko** ist uns **lieber**, als durch die Hand der Taliban **brutal ermordet** zu werden.*

Bamiyan, Afghanistan
Pakistan
Indonesien
Australien

Ein Boot nach Australien?

Nadschiba war noch nie auf einem Boot gewesen. Sie hatte noch nie von Australien gehört. Die Elfjährige wusste nicht einmal, wo der Pazifische Ozean lag. In Afghanistan erlaubten die Taliban Mädchen nicht, zur Schule zu gehen.

Nadschibas ganzes Leben lang hatte in Afghanistan Krieg geherrscht. Im Chaos der Kämpfe kamen die Taliban, eine radikale islamistische Gruppierung, an die Macht. Sie gewannen die Kontrolle über Nadschibas Dorf in der Provinz Bamiyan. Den ganzen Tag über hörte Nadschiba Schüsse und Bombenexplosionen außerhalb ihres Lehmziegelhauses. Für Nadschibas Familie, Mitglieder der Hazara-Minderheit, bestand große Gefahr, verfolgt und getötet zu werden. Da sie keine Überlebenschance sahen, sah die Familie keinen anderen Weg, als ihr Land zu verlassen.

Eine Flucht aus Afghanistan war äußerst gefährlich. Die Taliban waren überall. Wenn sie Hazaras beim Verlassen ihrer Gegend sahen, würden sie sie töten. Nadschibas Familie verkaufte ihr gesamtes Land und alles, was sie sonst besaß, und hatte so genügend Geld, um einen Schleuser zu bezahlen, der sie nach Pakistan bringen sollte. Doch als Hazaras waren sie in Pakistan immer noch in Gefahr, deshalb suchte Nadschibas Vater einen weiteren Schleuser und zahlte ihm alles Geld, das noch übrig war – 35.000 Dollar –, damit er den Transport der Familie nach Australien organisierte.

Nach einem Flug nach Jakarta in Indonesien, versteckten sich Nadschiba, ihr Vater, ihre Mutter, ihre Schwestern Nuria und Raihana und ihre Brüder Mohammed und Madhi in einem Hotelzimmer, bis das Boot eintreffen sollte. Nadschiba wartete und fragte sich, wie ihr Leben in diesem fremden neuen Land wohl aussehen könnte. Und dann kam der Anruf: Das Boot war da.

Die Taliban sind eine fundamentalistische islamische Gruppierung. Sie setzen gewaltsam eine sehr extreme Form der Scharia-Gesetze durch, die Frauen keine Arbeit und Mädchen keinen Schulbesuch erlaubt, außerdem die Männer zum Tragen eines Barts zwingt und Frauen zum Verhüllen des Körpers in einer Burka. Die Taliban verbieten auch Fernsehen, Musik und Filme.

Das Boot ist so klein. Ich dachte, es wäre riesig wie die Titanic, aber es ist bloß ein winziges, leichtes Fischerboot. Wir sind die letzte Familie, die an Bord geht. Hunderte Erwachsene und Kinder sind dort schon zusammengepfercht. Meine Mutter müsste sich hinlegen, aber sie findet nicht mal einen Platz, an dem sie sich mit dem Baby setzen kann. Alle anderen auf dem Boot sind auch Hazaras. Trotzdem will uns niemand helfen. Wir zwängen uns mit an die Brust gepres sten Knien aufs offene Deck. Ringsum spüre ich nichts als Feindseligkeit.

Ich bin noch nie auf einem Boot gewesen. Ich kann nicht schwimmen und es gibt keine Rettungswesten. Der Schleuser hat gesagt, dieses kleine Boot würde uns zu einem größeren Schiff bringen. Er hat gelogen. Nach Tagen auf offener See sitzen wir immer noch zusammengepfercht auf diesem winzigen Boot fest. Unser Schicksal, unsere Zukunft hängt von diesem Stück Holz ab. Meine einzigen Beschäftigungen bestehen darin, trockene Nudeln zu essen und seekrank zu werden. Das, und mich vor dem Ertrinken zu fürchten. Wenn ein Sturm aufkommt und das Boot durchrüttelt, weinen wir und umarmen uns zum Abschied.

Die Hazaras machen zwanzig Prozent der afghanischen Bevölkerung aus. Sie sind eine muslimisch-schiitische Minderheit in einem muslimisch-sunnitischen Land. Seit Jahrhunderten werden sie wegen ihres Aussehens und ihrer religiösen Bräuche diskriminiert.

*»Unser **Schicksal**, unsere **Zukunft** hängt von diesem Stück **Holz** ab.«*

»Wir alle schließen einen ***Pakt****, dass wir es nach Australien* ***schaffen*** *oder* ***sterben.****«*

Im Boot ist während des Unwetters ein Loch aufgerissen! Das Boot läuft schnell mit Wasser voll! Seeleute auf einem Schiff der australischen Marine sind bereit, den Schaden unter einer Bedingung zu reparieren – dass wir nicht nach Australien gehen. Wir sind schon seit zehn Tagen auf See, aber natürlich sagen wir Ja. Was für eine Wahl haben wir denn? Entweder flicken sie unser Boot und wir geben Australien als Ziel auf, oder das Boot sinkt und wir ertrinken. Sobald die Reparatur beendet ist, beobachten sie uns, bis wir umkehren und zurück nach Indonesien steuern.

Aber wir können nicht zurück nach Afghanistan. Dort gibt es für uns keine Hoffnung mehr. Wir alle schließen einen Pakt, dass wir es nach Australien schaffen oder sterben. Noch einmal umkehren, dann bewegen wir uns wieder auf australische Gewässer zu. Als wir kurz davor sind, kommt uns die Marine entgegen und will uns aufhalten. Aber wir halten nicht an. Wir schreien und flehen sie an, uns hineinzulassen. Wir fahren immer weiter. Jetzt müssen sie uns Asyl gewähren.

Schiffskapitäne und Mannschaften sind gemäß internationalem Seerecht verpflichtet, Schiffen in Not zu helfen. Und Geflüchtete dürfen, gemäß internationalem Recht, nicht zur Rückkehr in ein Land gezwungen werden, in dem ihr Leben oder ihre Freiheit in Gefahr wären. Sobald eine geflüchtete oder asylsuchende Person sich auf dem Hoheitsgebiet eines Staats befindet – dessen Gewässer inbegriffen –, ist das Land verpflichtet, dieser Person zu helfen.

„Wir haben einen Fehler gemacht. Wir sind nach Australien gekommen, um ein sicheres Zuhause zu finden, aber ich glaube, wir sind von einer anderen Art von Taliban gefangen genommen worden – mit blauen Augen, blonden Haaren und großen Waffen. Sie haben uns mitten in die Wüste im Westen Australiens gebracht und wie Kriminelle in einem Einwanderungshaftlager eingesperrt. Die hässlichen braunen Gebäude sind von Stacheldrahtzäunen umgeben und mit Hunderten weiteren Geflüchteten belegt. Nachdem sie uns hinter einem Schild mit einer Nummer fotografiert haben, geben sie uns Kennziffern. Sie wollen uns nicht bei unseren Namen nennen.

Warum lachen mich die Wachen aus? Ich verstehe sie nicht, wenn sie Englisch reden. Sie werfen mit einem Wörterbuch nach mir. Das macht mir nichts aus. Ich schreibe Wörter aus dem großen Buch ab und versuche, diese neue, fremde Sprache zu lernen. Ich hatte noch nie zuvor einen Stift oder Papier in der Hand.

Zweihundert Kinder. Ein Fernsehgerät. Jeden Tag drängeln wir uns stundenlang im Fernsehraum, streiten uns um den Sender und zerren uns gegenseitig an den Haaren. Wenn es zu laut wird, kommen die Wachen und bestrafen uns. Manchmal sagen sie, dass Störenfriede eine Woche lang ihr Zimmer nicht verlassen dürfen. Oder sie verbieten ihnen einen Monat lang, den Fernsehraum zu betreten. Wir schauen gern eine Reality Show mit dem Titel »Big Brother«. Die Kandidatinnen und Kandidaten leben komplett isoliert von der Außenwelt zusammen, genau wie wir. In der Show streiten sie miteinander und drehen durch. Für sie ist es nur ein Spiel. Für uns ist es viel schlimmer. Ich habe Angst, dass sie mich nach Afghanistan zurückschicken. Ich mache mir Sorgen um die zu Hause zurückgelassenen Familienmitglieder. Ich will wissen, was außerhalb dieser Zäune ist.“

Einwanderungshaftlager:

Menschen werden dort eingesperrt, die kein gültiges Visum besitzen, das ihnen den Aufenthalt im Land gestattet; betroffen sind auch Geflüchtete, die Asyl suchen.

Nadschibas Reise

3 Tage
von Afghanistan nach Pakistan

25 Tage
versteckt in Pakistan

10 Tage
versteckt in Jakarta, Indonesien

10 Tage
gefangen auf einem Boot auf dem Pazifischen Ozean

45 Tage
eingesperrt im Curtin Immigration Detention Centre in Australien

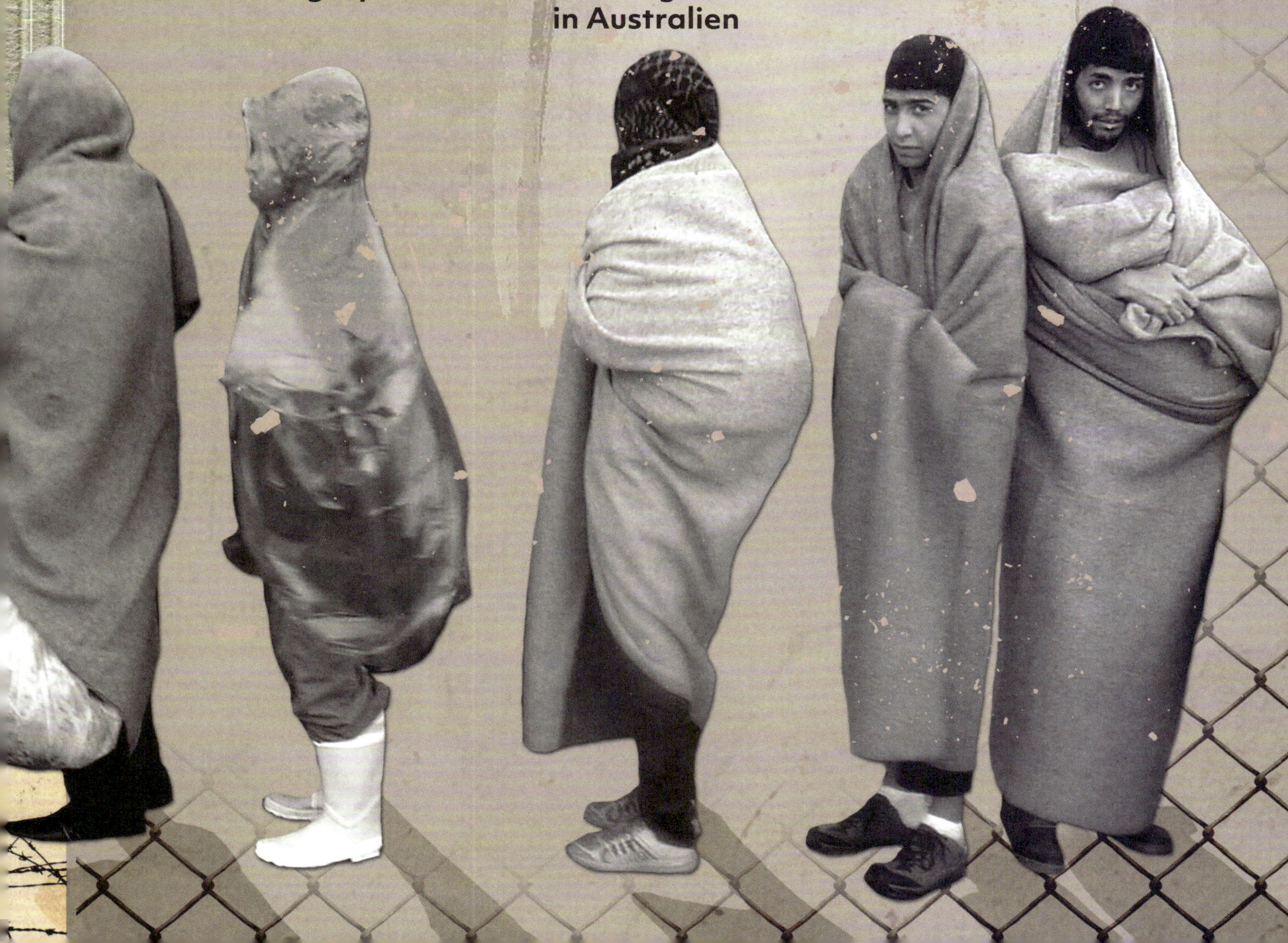

Was wurde aus Nadschiba?

Nach sechs Wochen im Einwanderungshaftlager wurden Nadschiba und ihre Familie nach Tasmanien geschickt. Ein paar Monate später zogen sie nach Western Sydney, wo sie drei Jahre lebten, bis sie endlich eine Aufenthaltserlaubnis in Australien erhielten. Für Nadschiba war es schwer, sich in ihr neues Leben einzufinden. Sie hatte noch nie ein Einkaufszentrum oder einen Bankautomaten gesehen. Sie hatte noch nie Menschen aus anderen Kulturen gesehen. Selbst in der Schule neben einem Jungen zu sitzen, machte ihr Angst.
Heute hat Nadschiba einen medizinischen Bachelorabschluss und studiert internationales Recht. Sie ist hauptamtliche Case-Managerin und Vorsitzende der Hazara Women of Australia, setzt sich für die Rechte von Frauen und Geflüchteten ein und für die Freilassung von Kindern aus Einwanderungshaftlagern.
Ein Jahr nachdem Nadschiba und ihre Familie das Curtin Immigration Detention Centre verlassen hatten, wurde es wegen Überfüllung und fehlendem Angebot an Aktivitäten und schulischer Ausbildung für Kinder geschlossen.
Seit 2013 lässt Australien keine Bootsgeflüchtete mehr ins Land. Jugendliche wie erwachsene Geflüchtete, die mit dem Boot ankommen, werden in Einwanderungshaftlager auf den abgelegenen Inseln Nauru oder Manus Island in Papua-Neuguinea geschickt, wo sie für unbegrenzte Zeit gefangen gehalten werden. Australiens Behandlung von Asylsuchenden wurde als Verletzung der UN-Antifolterkonvention gewertet. Das australische Parlament hat eine Untersuchung eingeleitet, aber die Einwanderungshaftlager bestehen weiter.
Die Hazaras in Afghanistan werden weiterhin vom IS, den Taliban und anderen Gruppierungen verfolgt und getötet.

Afghanistans jüngere Geschichte

1999 **Angriffe der Taliban zwingen 150.000 Menschen aus Afghanistan, ihr Zuhause zu verlassen**

2000 **Ein erneuter Feldzug der Taliban vertreibt Zehntausende Afghaninnen und Afghanen aus dem Land**
Schlimmste Dürre seit 30 Jahren trifft Afghanistan
Mit 3,6 Millionen Geflüchteten sind die Menschen aus Afghanistan die weltweit größte Bevölkerungsgruppe auf der Flucht

2001 **1 Million Menschen aus Afghanistan sind von Hungersnot betroffen**

2021 **Die von den USA eingeleitete Invasion in Afghanistan als Reaktion auf die Angriffe vom 11. September 2001 in New York wird 2021 unter der Führung der USA beendet**
Die internationalen Truppen haben das Land verlassen. Seither haben die Taliban die Macht übernommen. In vielen Teilen des Landes finden bewaffnete Kämpfe statt. Viele Menschen, die mit den internationalen Truppen gearbeitet haben, und ihre Familien sind von Verfolgung bedroht. Einige Staaten wie z.B. die USA und Deutschland wollten diesen Familien die Einreise in ihre Länder erlauben. Es ist ihnen nicht gelungen, diese Menschen rechtzeitig zu retten. Das Leben für vor allem Mädchen und Frauen wird noch schwieriger und aussichtsloser. In diesem Moment, in dem wir dieses Buch fertigstellen, ist unklar, wie es in Afghanistan weitergehen wird. Es ist wichtig, die Situation weiter zu beobachten und bessere Asylbedingungen für die Menschen aus Afghanistan zu schaffen.

»Wir sind nach Australien gekommen, weil unser Leben in ***Gefahr*** *war. Es geht uns nicht um die hohen Gebäude hier. Es geht uns nicht um den* ***Luxus****. Es geht uns um* ***Frieden****. Ich wäre nicht mehr am* ***Leben****, wenn wir geblieben wären. Mit* ***zwölf*** *Jahren wäre ich* ***tot*** *gewesen.«*

Nichts mehr zu verlieren

Mohamed
13 Jahre alt
Maple, Elfenbeinküste
2006

*Ich dachte, ich würde mein ganzes **Leben** zusammen mit meinen Eltern in unserem **Dorf** verbringen. Aber jetzt ist das mein Leben, und ich kann nicht gegen mein **Schicksal** ankämpfen.*

Mohamed übergab dem Schleuser …

… sein gesamtes Geld. Er hatte begriffen, dass die Fahrt übers Mittelmeer gefährlich war. Leute, die er kannte, waren bei dem Versuch gestorben. Aber Mohamed hatte keine Angst; er musste es einfach nach Italien schaffen. In Libyen gab es für den Siebzehnjährigen nichts mehr zu verlieren.
Mohamed hatte zum letzten Mal an dem Tag echte Angst gehabt, als seine Eltern starben; sie wurden von einer Bombe getötet, als er dreizehn war. Seit Jahren hatte ein Bürgerkrieg in seinem Land Elfenbeinküste gewütet. Kurz nach dem Bombenangriff nahmen Rebellen Mohameds Dorf Maple ein, sein sechzehnjähriger Bruder Momadi floh. Mohamed war allein. Nach quälenden Monaten beschloss er, die Elfenbeinküste zu verlassen und nach einem Ort zu suchen, wo er in Frieden leben konnte. Er lief zu Fuß zu einem Geflüchtetenlager im Nachbarland Guinea. Während er dort am Busbahnhof arbeitete, lernte Mohamed Menschenhändler kennen. Er sparte Geld zusammen, damit er sie für den Transport nach Libyen bezahlen konnte, in ein Land, das ebenfalls mitten in einem Bürgerkrieg steckte – die Unruhen würden es leichter machen, ihn durchzuschmuggeln. Millionen Geflüchtete wie Mohamed wollten Krieg und Armut in Westafrika, Nordafrika und dem Mittleren Osten entkommen. Sie versuchten die libysche Küste zu erreichen, von der aus sie das Mittelmeer überqueren und in Europa um Asyl bitten konnten.

Heute, nach einer langen, leidvollen Reise, ging Mohamed an Bord eines Schiffs nach Europa. Sein einziger Besitz waren die Kleider, die er am Leib trug. Doch das war ihm egal. Mohamed wollte Libyen um jeden Preis verlassen. Er und andere Geflüchtete wurden dort sehr grausam behandelt – sie wurden eingesperrt, von Arbeitgebenden misshandelt, von Banden überfallen und ausgeraubt. Vielleicht würde das Leben in Italien besser sein.

Der Bürgerkrieg in der Elfenbeinküste begann 2002, als aufständische Soldaten den Präsidenten zu stürzen versuchten. Muslimische Rebellen aus dem Norden bekämpften das von der Regierung kontrollierte christliche Lager aus dem Süden. Im Jahr 2007 unterzeichneten beide Seiten ein Abkommen, in dem sie versprachen, den Konflikt zu beenden, doch die Gewalt geht weiter.

Menschenhändler:

Kriminelle, die unter Anwendung von Drohungen, Gewalt und Betrug wehrlose Menschen für Zwangsarbeit oder sexuelle Versklavung missbrauchen

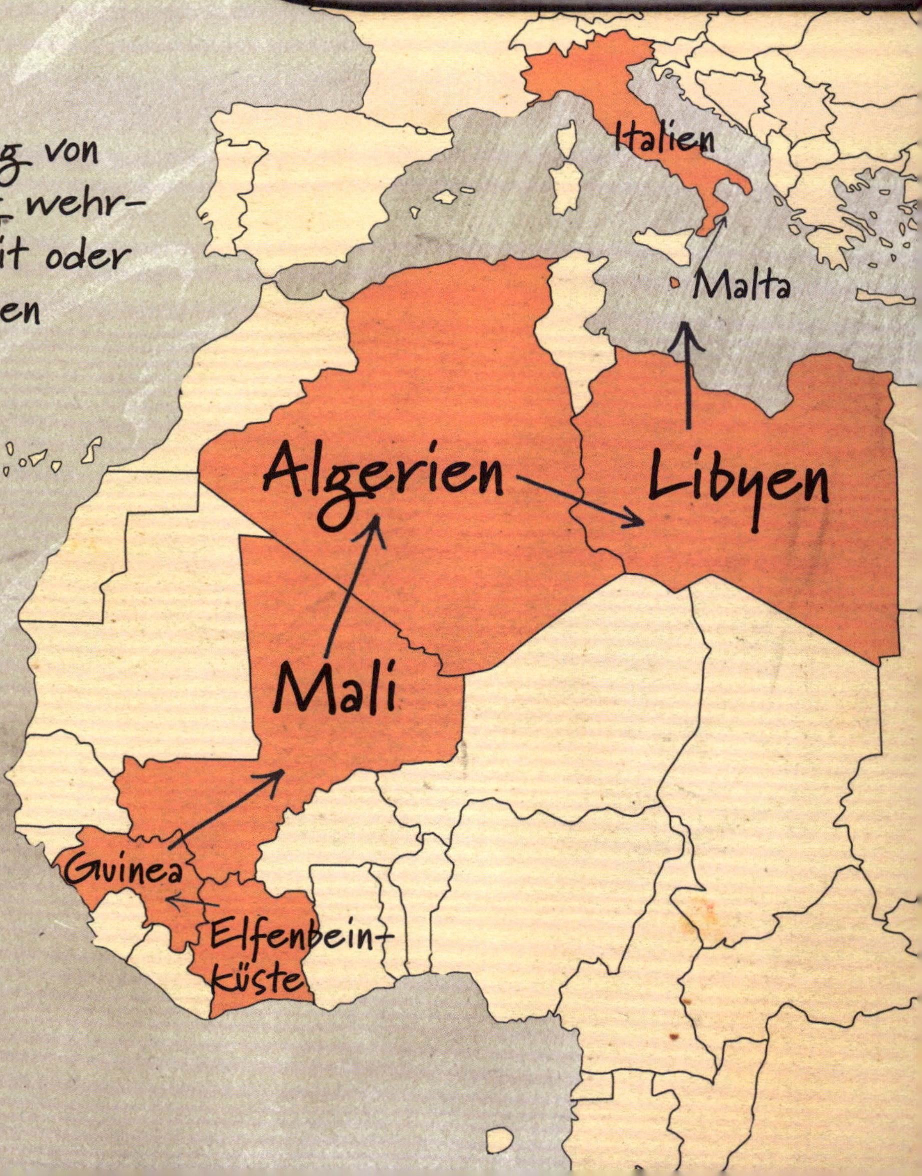

Das schmale, offene Holzboot ist viel zu klein für zweiunddreißig Menschen, aber die Schleuser drängen uns trotzdem alle hinein. Einer steuert uns von der Küste weg, aber sobald wir weit weg vom Ufer sind, steigt er in ein anderes Boot um und kehrt zurück nach Libyen. Damit sie uns weiterfahren lassen, sollen zwei Passagiere es übernehmen, unser Boot zu lenken. Sie schreien und streiten lauthals, uneinig über die Route.

Auf und ab schleudert das Boot im unruhigen Mittelmeer. Ich sitze ganz vorn und klammere mich fest, ich kann nicht schwimmen. Es gibt keine Rettungswesten oder Schöpfeimer. Die Leute weinen und reden aufgeregt. Wir drohen zu ertrinken, aber es ist mir egal. Ich habe nichts mehr zu verlieren.

Drei Tage lang treiben wir auf dem Meer. Wir sind durchnässt von der Gischt des Meerwassers. Wir haben Hunger. Die Schleuser haben uns kein bisschen Essen oder Wasser mit ins Boot nehmen lassen, weil das zu viel Platz wegnehmen würde. Einmal am Tag essen wir von den Keksen, die sie uns dagelassen haben. Ich schlafe ein. Ich träume, ich wäre mit Freunden aus der Elfenbeinküste zusammen, fröhlich und in Sicherheit.

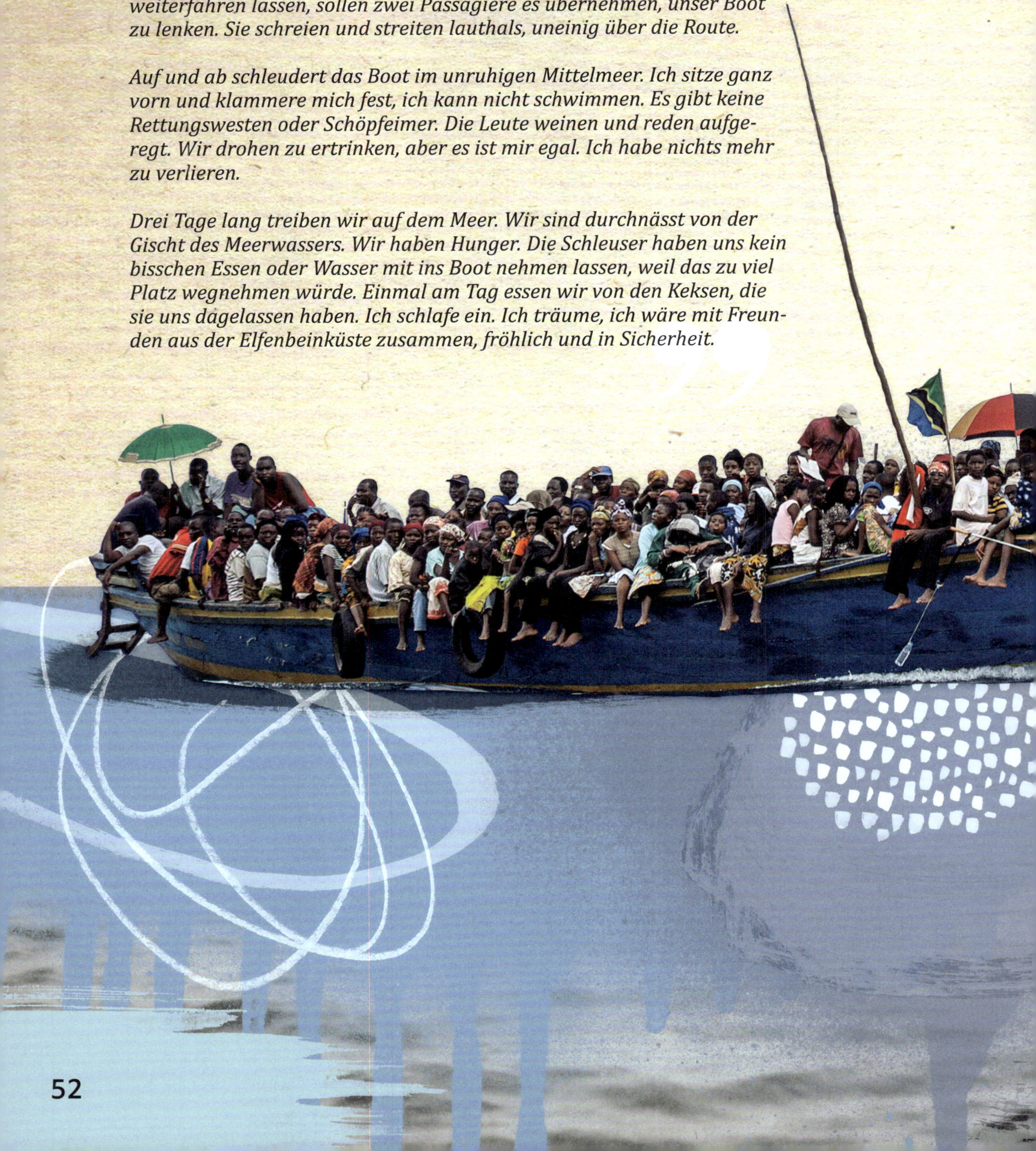

»Wir drohen zu ***ertrinken,*** *aber es ist mir egal.«*

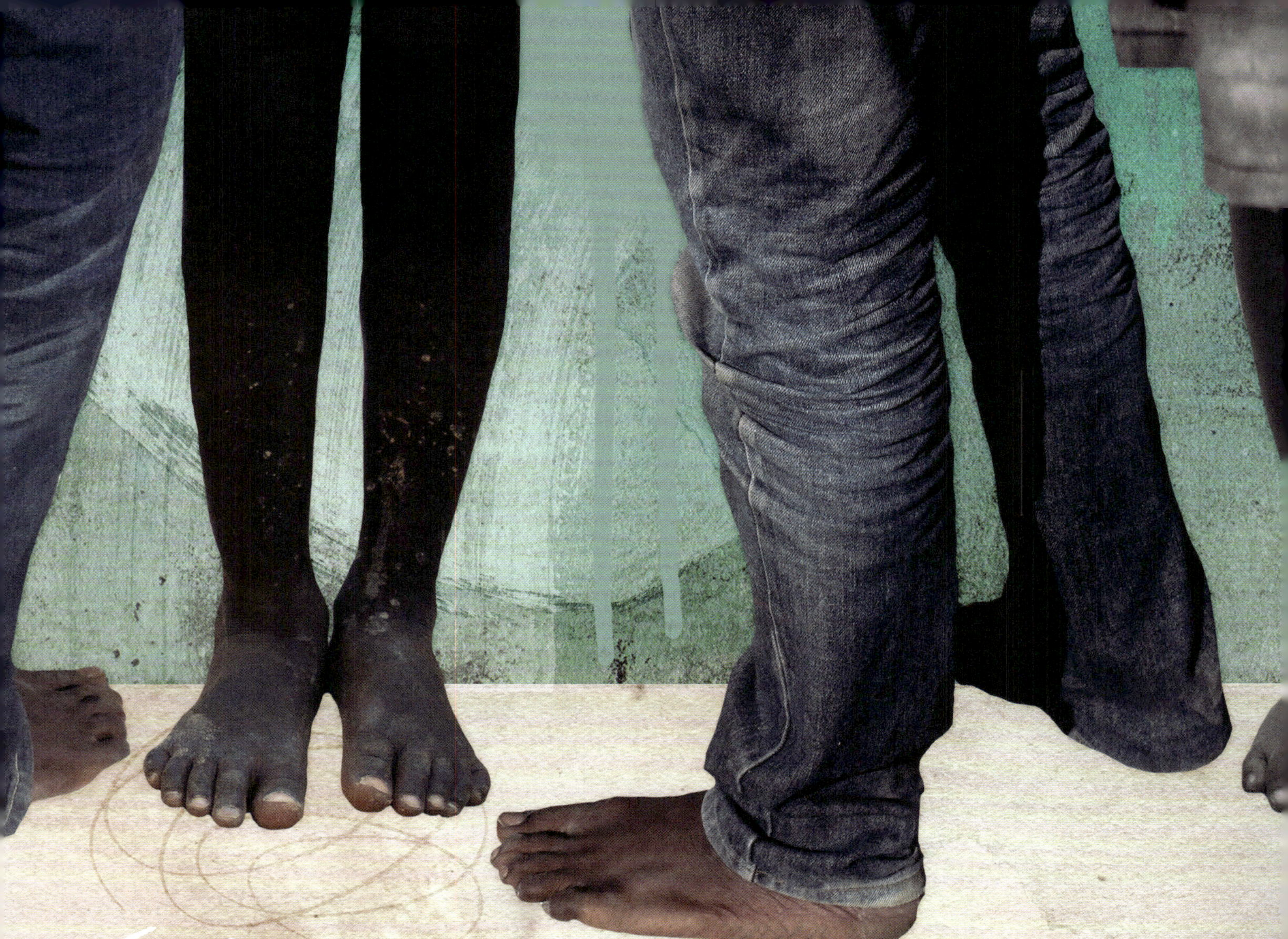

Endlich ist Land in Sicht! Wir haben es bis nach Malta geschafft, eine Insel im Mittelmeer. Ich helfe Leuten aus dem Boot an den Strand. Manche können nicht laufen – das Meerwasser hat ihre Hosen einlaufen lassen und so die Durchblutung ihrer Beine abgeschnürt. Die Behörden bringen uns in ein Geflüchtetenlager und sperren uns in alten Armeebaracken ein, die schon voll mit anderen Geflüchteten sind. Sie behandeln uns wie Gefangene. Ich kann nur schlafen und essen. Keine Aktivitäten, keine Schule. Den lieben langen Tag warte ich nur darauf, herauszukommen.

Ein Jahr später bin ich in ein neues Geflüchtetenlager gezogen. Es ist besser. Sie lassen uns zum Arbeiten heraus. Ich helfe einem Mann beim Häuser-Anstreichen und erledige Gelegenheitsarbeiten. Ich finde einen Schleuser mit einem Boot, der mich nach Italien bringen wird. Die Fahrt dauert weniger als einen Tag, aber ich muss ihm 1.200 Dollar zahlen. Ob ich jemals dort ankomme?

»Sie behandeln uns wie ***Gefangene.****«*

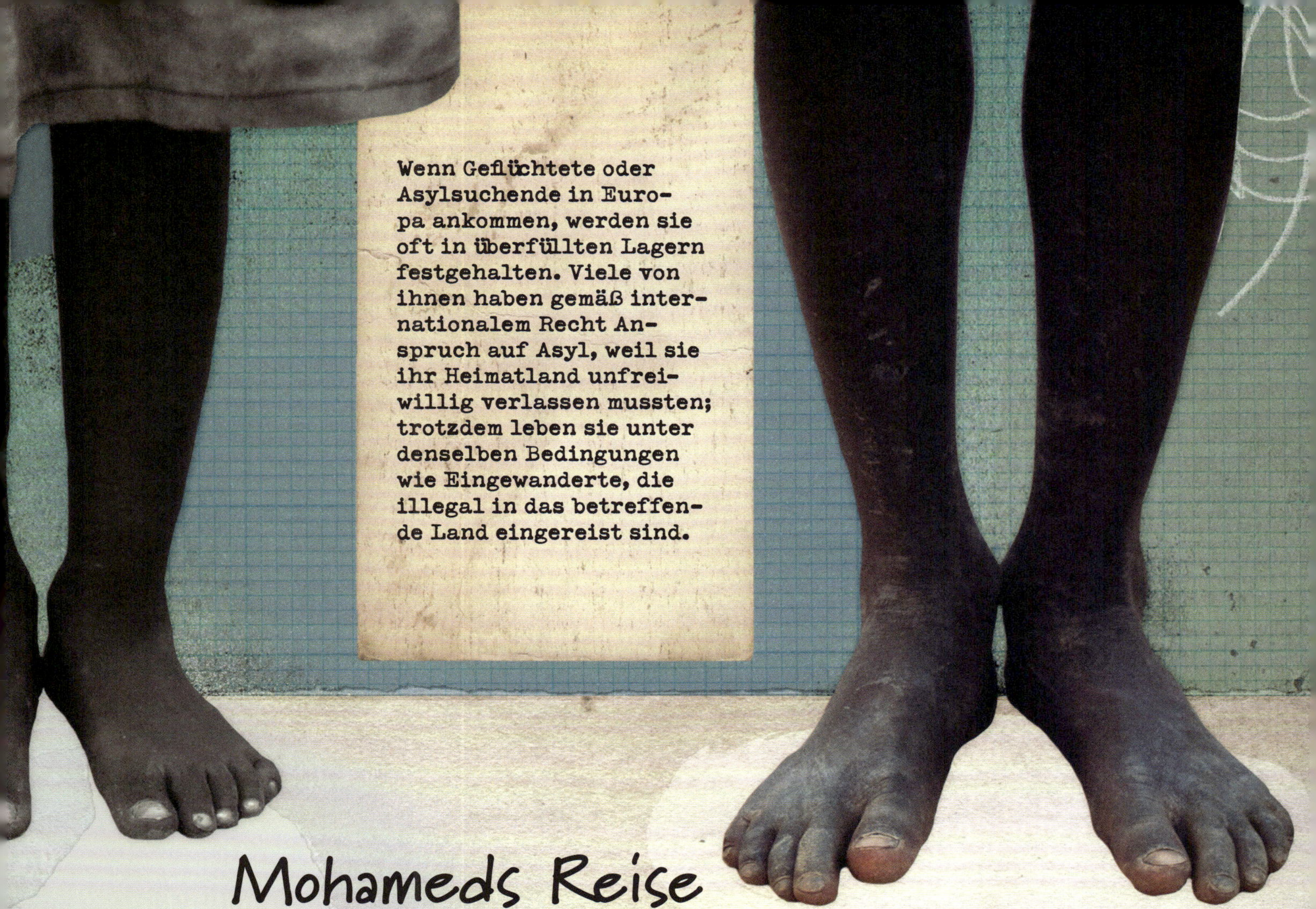

Wenn Geflüchtete oder Asylsuchende in Europa ankommen, werden sie oft in überfüllten Lagern festgehalten. Viele von ihnen haben gemäß internationalem Recht Anspruch auf Asyl, weil sie ihr Heimatland unfreiwillig verlassen mussten; trotzdem leben sie unter denselben Bedingungen wie Eingewanderte, die illegal in das betreffende Land eingereist sind.

Mohameds Reise

2006
Verlässt die Elfenbeinküste

2007
Arbeitet in Guinea, Mali und Algerien, um Menschenhändler für Transport zu bezahlen

2008
Erreicht Libyen; wird verhaftet und fünf Monate lang im Gefängnis festgehalten

2009
Überquert das Mittelmeer, landet in Malta; wird in Lager für Asylsuchende und Geflüchtete festgehalten

2010
Erreicht Italien

»*Viele* ***verstehen nicht****, was es heißt,* ***in Not zu sein****, weil sie es nie erlebt haben. Wenn du dein* ***Land verlassen musst****, ist das eine* ***Schule fürs Leben.***«

Was wurde aus Mohamed?

Nach sechs Monaten hatte Mohamed genügend Geld zusammengespart, um die Überfahrt von Malta nach Sizilien zu bezahlen. Die Schleuser ließen ihn im Stich, sobald sie die Küste erreicht hatten – Mohamed hatte keine Ahnung, wo er war oder wohin er sich wenden sollte. Zu seinem Glück hielt ein Mann aus Tunesien an und fragte, ob er Hilfe brauche. Der Mann und ein paar seiner Freunde kauften Mohamed eine Zugfahrkarte nach Rom, wo er vor dem Bahnhof von Termini zusammen mit anderen obdachlosen Menschen übernachtete. Sein einziger Besitz waren eine Plastiktüte mit seinen Habseligkeiten und ein Stück Pappkarton, auf dem er schlief. Nach einigen Monaten zog Mohamed in ein Zentrum für unbegleitete minderjährige Geflüchtete, Civico Zero genannt. Dort lernte er Italienisch, wurde für die Arbeit in einem Hotel ausgebildet und lernte fotografieren. Heute arbeitet Mohamed als Hotelportier und verbringt seine Freizeit mit Fotografieren. Er hatte bereits Fotoausstellungen in ganz Italien, einschließlich einer in der Parlamentsbibliothek. Mohamed und sein Bruder Momadi, der in Mali lebt, haben sich wiedergesehen.

In den letzten sieben Jahren haben über zwei Millionen Geflüchtete, um Krieg, Auseinandersetzungen und Verfolgung zu entkommen, ihr Leben bei der Überquerung des Mittelmeers aufs Spiel gesetzt. Zehntausende von ihnen sind unbegleitete Geflüchtete wie Mohamed, Kinder und Jugendliche, die ohne eine erwachsene Begleitperson allein unterwegs sind. Selbst wenn sie die gefährliche Überfahrt überleben, ist das Leben in Europa nicht leicht. Geflüchtete werden vielfältig diskriminiert, sie haben es schwer, einen Ort zu finden, wo sie leben und zur Schule gehen können und angemessene medizinische Versorgung erhalten.

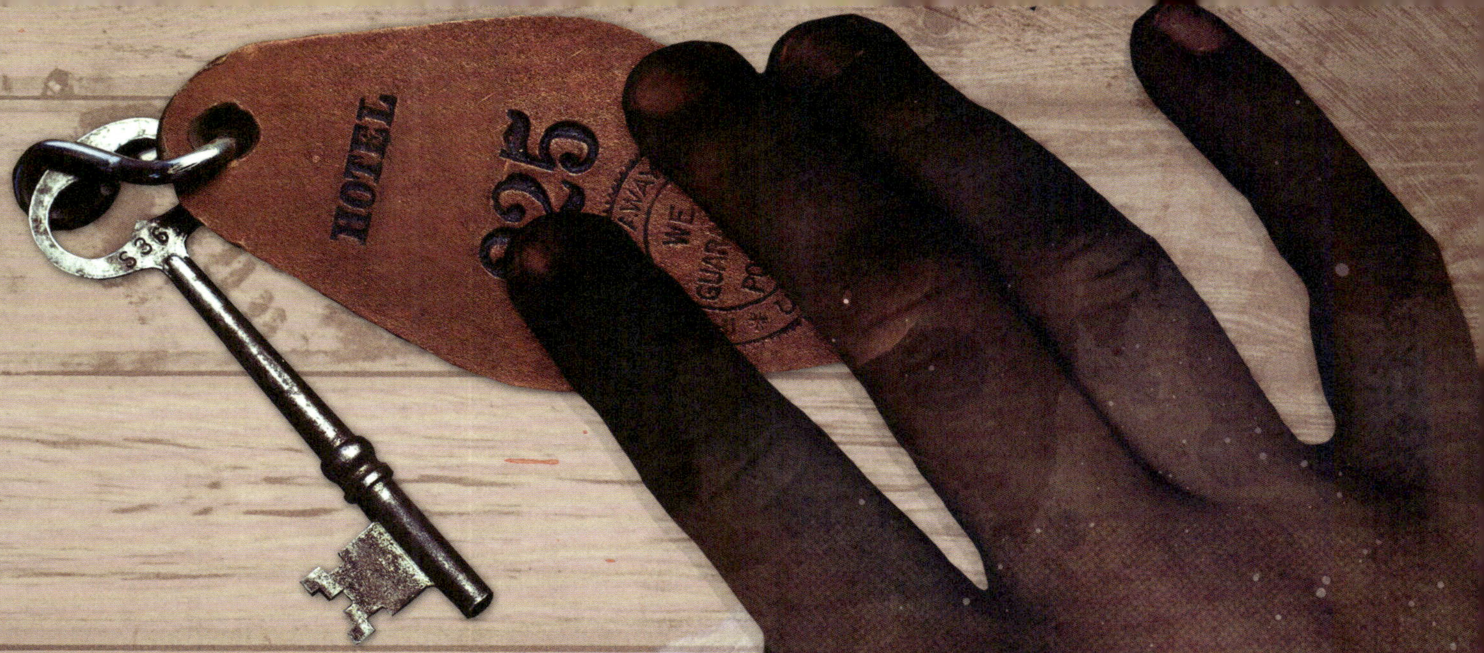

Wie viele Menschen fliehen über das Mittelmeer nach Europa?

Während 2019 noch 123.663 Menschen auf dem Seeweg in Europa angekommen sind, waren es 2020 nur noch 95.031 Menschen. Ende 2020 befanden sich insgesamt rund 7 Millionen Geflüchtete in Europa. (Quelle: UN Flüchtlingsagentur 2021)

Sie kamen übers Meer: Vom Zweiten Weltkrieg bis heute

1939
Deutsche Jüdinnen und Juden an Bord der SS *St. Louis*, auf der Flucht vor der antisemitischen Politik der Nationalsozialisten, werden in Kuba nicht an Land gelassen und zur Rückkehr nach Europa gezwungen.

1942
Geflüchtete aus Hongkong entkommen nach Kanada, nachdem die britische Kolonie während des Zweiten Weltkriegs an Japan preisgegeben wird.

1948
Millionen von Menschen aus Osteuropa, die im Zweiten Weltkrieg ihre Heimat verloren haben, finden in Nordamerika ein neues Zuhause.

1975
Hunderttausende Geflüchtete aus Vietnam, Kambodscha und Laos – bekannt als »boat people« – setzen auf dem Südchinesischen Meer ihr Leben aufs Spiel, um Angriffen und Krieg zu entkommen.

1980
Mit den Bootsüberfahrten von Mariel wandern 125.000 Menschen aus Kuba als politische Geflüchtete nach Florida aus, um der kommunistischen Politik der kubanischen Regierung zu entfliehen.

1987
Tamilen aus Sri Lanka und Sikhs aus Indien landen in Nova Scotia, Kanada, sie suchen Zuflucht vor der Diskriminierung, der sie in ihren Ländern ausgesetzt sind.

1994
Menschen aus Kuba, die politisches Asyl in den Vereinigten Staaten suchen, besteigen kleine Boote und Holzflöße, aber man verweigert ihnen die Aufnahme.

1999
Chinesische Bootsgeflüchtete, die politischer Verfolgung ausgesetzt waren, bitten um Asyl in Vancouver, Kanada.

2000
Menschen aus dem Irak und Afghanistan fliehen vor Kriegen in ihrer Heimat und bringen sich mit einer Überfahrt nach Australien in Sicherheit.

2001
Afghanischen Asylsuchenden, die vom Frachtschiff *Tampa* gerettet wurden, wird die Einreise nach Australien verweigert.

2010
Tamilische Geflüchtete aus Sri Lanka haben mit Vorurteilen zu kämpfen und werden an der Grenze aufgehalten, als sie in Kanada Asyl suchen.

2012
Der Bürgerkrieg in Syrien zwingt verfolgte und vertriebene Menschen zu fliehen. Viele versuchen das Mittelmeer auf der Suche nach Zuflucht zu überqueren.

2014
Muslimische Rohingya, in Myanmar ohne Bürgerrechte und verfolgt, überqueren den Golf von Bengalen in der Hoffnung auf ein neues Leben in Indonesien oder Malaysia.

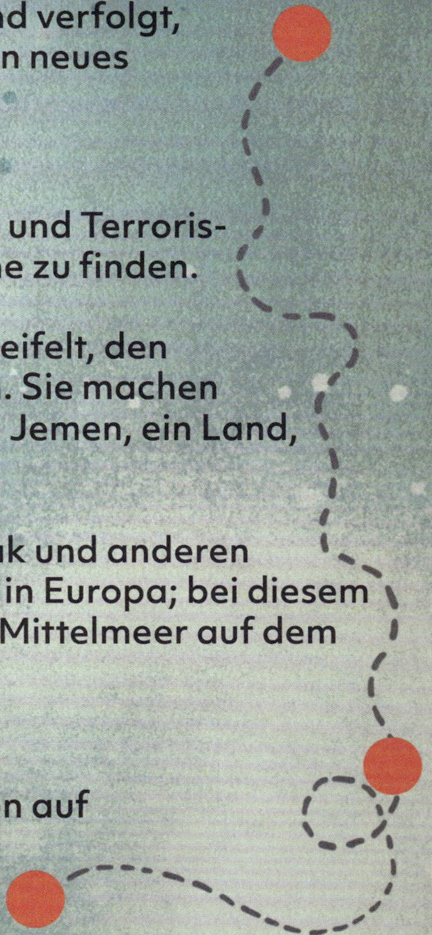

2015/16
Menschen aus Syrien überqueren auf der Flucht vor Krieg und Terrorismus die Ägäis nach Griechenland, um in Europa Aufnahme zu finden.

Somalische und äthiopische Geflüchtete versuchen verzweifelt, den Konflikten und der Armut in ihren Ländern zu entkommen. Sie machen sich mit dem Boot auf den lebensgefährlichen Weg in den Jemen, ein Land, in dem es auch viele Konflikte gibt.

Über eine Million Geflüchtete aus Syrien, Afghanistan, Irak und anderen Ländern überqueren das Mittelmeer und suchen Zuflucht in Europa; bei diesem Versuch ertrinken täglich durchschnittlich zwei Kinder im Mittelmeer auf dem Weg nach Europa.

Heute
Schätzungsweise 275 Menschen riskieren täglich ihr Leben auf dem Weg übers Mittelmeer.

Quellenangaben

Amnesty International, www.amnesty.de

Ärzte ohne Grenzen, www.aerzte-ohne-grenzen.de

Carleton, James/Garcia, José, *Voices of Mariel* [Film], InFocus Pictures, 2011.

The Migrants' Files, www.themigrantsfiles.com

Ogilvie, Sarah A./Miller, Scott, *Refuge Denied: The St. Louis Passengers and the Holocaust.* Madison, Wisconsin: University of Wisconsin Press, 2006.

Simon Fraser University, *Vietnamese Boat People Collection*, http://lib-contentdm2.lib.sfu.ca/cdm/landingpage/collection/vietnamese

UNESCO, www.unesco.de

UNICEF, www.unicef.de

The United Nations Refugee Agency, www.unhcr.org

United States Holocaust Memorial Museum, www.ushmm.org

University of California, Irvine, *Vietnamese American Oral History Project,* www.sites.uci.edu/vaohp

Danksagungen

Als Annick Press mir vorschlug, ein Buch über Bootsgeflüchtete zu machen, fesselte mich das Projekt sofort. Ich war sehr bewegt von den Medienberichten über Menschen, die über das Mittelmeer flüchteten, und brannte darauf, etwas zu tun, und zwar in der mir vertrautesten Weise – ich versuche Themen selbst zu verstehen, indem ich sie für junge Menschen verständlich mache.

Ich bin Phu, José, Nadschiba und Mohamed unglaublich dankbar, dass sie mir ihre bewegenden Geschichten erzählt haben und für alles, was ich von ihnen gelernt habe. Und ich bin den Einzelpersonen und Organisationen zu Dank verpflichtet, die für mich den Kontakt zu ihnen herstellten – dem Vietnamese American Oral History Project der University of California, Amnesty International Australien, Hazara Women of Australia und Save the Children in Italien. Besonders dankbar bin ich der Journalistin Megan Williams in Rom, weil sie auf meine Jammer-E-Mail reagierte und großzügig Mohamed interviewte, seine Geschichte übersetzte sowie geduldig meine zahlreichen weiteren Fragen beantwortete. Danke an das Holocaust Memorial Museum der Vereinigten Staaten, das Ruths mündlichen Bericht aufbewahrt hat und mir seine Nutzung gestattete. Aufrichtigen Dank den Fotografen Lucas Allen und Flavio Scollo, deren wunderbare Porträts in diesem Buch zu sehen sind. Einen besonderen Dank an Krisztina Andre, Geo Mesmer und die German Alliance for Civilian Assistance, die trotz der Krise auf der Balkan-Fluchtroute, mit der sie zu kämpfen hatten, die Zeit aufbrachten, nach jungen syrischen Geflüchteten zu suchen, die ihre Geschichten erzählen konnten.

Die Recherchen und Berichte von UNHCR, UNESCO, Amnesty International, UNICEF und Ärzte ohne Grenzen waren für die Entwicklung dieses Buchs von unschätzbarem Wert. Die Arbeit zahlloser Journalistinnen und Journalisten und Nachrichtenagenturen trug ebenfalls entscheidend dazu bei, mein Verständnis vergangener und gegenwärtiger Fluchtbewegungen zu vertiefen, insbesondere seitens der Canadian und Australian Broadcasting Corporation, *The New York Times*, *The Economist*, BBC News, NPR, *Miami Herald* und *New Internationalist*.

Ein riesengroßes Dankeschön an das Team von Annick Press für die Unterstützung dieses Projekts. Besonderen Dank an Katie Hearn, weil sie erkannte, was aus diesem Buch werden konnte, und mich so klar und liebenswürdig dorthin leitete. Eleanor Shakespeare bin ich unermesslich dankbar, dass sie ihr herausragendes Talent einbrachte: Ihre wunderbare künstlerische Gestaltung hat zu Papier gebracht, was in mir brodelte.

Bildnachweise

Buchcover vorne: zugeschnittenes Foto eines überfüllten Bootes, das afrikanische Geflüchtete transportiert, © iStock.com/Guenter Guni; durchgehend verwendete Karte, © Michello/Dreamstime.com; Innentitel: Menschen in einem Boot, © iStock.com/helenecanada; Impressum: Rettungsboje, © Claudiodivizia/Dreamstime.com; Abgewiesen: Seiten 7, 10: Ausschnitt einer Fotografie von Eva Schravel und Ruth Zellner, Yad Vashem Photo Archive, mit Genehmigung von Dr. Herbert Fiedler; Seite 8: Ausschnitt eines Immigrationsausweises, welcher von der kubanischen Regierung an einen Passagier der St. Louis ausgestellt wurde, © United States Holocaust Memorial Museum, mit Genehmigung von Faye Flamberg Ben-Saull; Seite 9: zugeschnittenes Foto der St. Louis, © Sueddeutsche Zeitung Photo/Alamy Stock Photo; Ausschnitt eines Telegramms, welches von Passagieren der MS St. Louis versandt wurde, © United States Holocaust Memorial Museum, mit Genehmigung von Betty Troper Yaeger; Ruths Geschichte basiert auf einem Interview mit Ruth Zellner, welches im United States Holocaust Memorial Museum in der Record Group 50.030*0402, Oral History zu finden ist, RG 50.030.0402_trs_en.pdf; Überlebenskampf: Seiten 17, 25: Fotos von Phu mit Genehmigung von Phu Do Nguyen; Seiten 18, 19: Ausschnitte von Fotografien von Panzern, Department of Defense, Department of the Navy, U.S. Marine Corps: Reihe: Black and White Photographs of Marine Corps Activities in Vietnam, 1962–1975: mit Genehmigung von NARA: 127-GVB-335-A374178 und 127-GVB-334-A372201; Mensch, der eine Leiter hinaufklettert, © iStock.com/andresrimaging; Seite 23: Vietnamesische Geflüchtete auf einem Boot, Department of Defense, American Forces Information Service, Defense Visual Information Center, 1994, Reihe: Combined Military Service Digital Photographic Files, 1982–2007, mit Genehmigung von NARA: 330-CFD-DN-SN-84-09733; Zitat aus dem Leitartikel der Zeitung The Wichita Eagle vom 6. März 1978; Stürmische Meere: Seiten 27, 29: Fotos von José und seiner Familie mit Genehmigung von Dr. José Garcia; Seiten 30, 31: Fischereiboote, © iStock.com/Yails und © iStock.com/terex; Fidel Castro, Keystone Pictures USA/Alamy Stock Photo; Jimmy Carter, Marion S. Trikosko, Fotograf: Library of Congress Prints and Photographs Division, LC-U9-39080B-11A; Zitat von Fidel Castro wurde aus „Our Kriminals are Leaving to their Allies in the US", der Ansprache zum 1. Mai 1980 auf dem Jose Matti Revolution Square, entnommen; Zitat von Jimmy Carter wurde dem The American Presidency Project entnommen, Präsident Jimmy Carter, Frage-und-Antwort-Sitzung auf der League of Women Voters Biennale National Convention, 5. Mai 1980. http://www.presidency.ucsb.edu/ws/?pid=33365: Seiten 32, 33: Krabbenkutter, © iStock.com/Nicolas McComber; Eingesperrt: Seite 36: afghanische nationale Air Corps Albatros-Jets, Fotografie von Master Sgt. Cecilio Ricardo; Stacheldraht, © iStock.com/hanibaram; afghanische Häuser, © iStock.com/Mie Ahmt; Seite 37: Foto von Nadschiba, © Lucas Allen; Seiten 40, 41: Menschen auf einem Boot, © iStock.com/helenecanada; Seiten 42, 43: geflickter Bootsboden, © iStock.com/RanieriMeloni; Seite 45: gespiegelter Ausschnitt einer Fotografie von Geflüchteten, die Schlange stehen, © Anjo Kan/Dreamstime.com; Seite 47: klatschende Hände, © iStock.com/RapidEye; Nichts mehr zu verlieren: Seiten 48, 49: afrikanische Dächer, © iStock.com/Peeter Viisimaa; Foto von Mohamed mit Genehmigung von Flavio Scholl; Seiten 52, 53: gespiegeltes, zugeschnittenes Foto eines überfüllten Bootes, das afrikanische Geflüchtete transportiert, © iStock.com/Guenter Guni; Seiten 54, 55: Beine, © iStock.com/RanieriMeloni und © iStock.com/UygarGeographic; Seiten 56, 57: Münzen, © iStock.com/Maria Toutoudaki; Schlüssel, © June M Sobrito/Dreamstime.com; Kamera, © iStock.com/pakornkrit; übereinanderliegende Fotografien am oberen Rand der Seite 56, mit Genehmigung von Mohamed Keita, www.mohamedkeita.it; Dielen, © stockcreations/Dreamstime.com